藤井貞和

日本近代詩語

石、「かたち」、至近への遠投

文化科学高等研究院出版局

知の新書
J04/L01

DU MÊME AUTEUR 藤井貞和のワーク

研究書・評論

『源氏物語の始原と現在』三一書房 1972／岩波現代文庫 2010
『釈迢空 詩の発生と「折口学」- 私領域からの接近』国文社 1974／講談社学術文庫 1994
『深層の古代 文学史的批評』国文社 1978
『古日本文学発生論』思潮社 1978
『古典を読む本』日本ブリタニカ 1980
『古文の読みかた』岩波ジュニア新書 1984
『物語の結婚』創樹社 1985／ちくま学芸文庫 1995
『古典を読む本』三省堂 1987／改題「古典の読み方」講談社学術文庫 1998
『物語文学成立史 フルコト・カタリ・モノガタリ』東京大学出版会 1987
『「おもいまつがね」は歌う歌か 続・古日本文学発生論』新典社 1990
『物語の方法』桜楓社 1992
『源氏物語』岩波セミナーブックス 1993
『日本「小説」原始』大修館書店 1995
『源氏物語入門』講談社学術文庫 1996
『物語の起源 フルコト論』ちくま新書 1997
『詩の分析と物語状分析』若草書房 1999
『折口信夫の詩の成立 詩形／短歌／学』中央公論新社 2000
『国文学の誕生』三元社 2000
『源氏物語論』岩波書店 2000
『平安物語叙述論』東京大学出版会 2001
『物語理論講義』東京大学出版会 2004／改題「物語論」講談社学術文庫 2022
『甦る詩学「古日本文学発生論」続 南島集成』まろうど社 2007
『タブーと結婚「源氏物語と阿闍世王コンプレックス論」のほうへ』笠間書院 2007
『言葉と戦争』大月書店 2007
『日本語と時間〈時の文法〉をたどる』岩波新書 2010
『文法的詩学』笠間書院 2012
『文法的詩学その動態』笠間書院 2015
『日本文学源流史』青土社 2016
『構造主義のかなたへ『源氏物語』追跡』笠間書院 2016
『日本文法体系』ちくま新書 2016
『非戦へ 物語平和論』編集室水平線 2018
『〈うた〉起源考』青土社 2020
『物語史の起動』青土社 2022

詩集・詩論

『乱暴な大洪水』思潮社 1976
『ラブホテルの大家族』書肆山田 1981
『日本の詩はどこにあるか 詩集』砂子屋書房 1982
『藤井貞和詩集』思潮社（現代詩文庫）1984
『Purify! fujii sadakazu 1984;his poetical works』書肆山田 1984
『言問う薬玉』砂子屋書房 1985
『言葉の起源 近・現代詩小考』書肆山田 1985
『遊ぶ子供 織詩』思潮社 1986
『口誦さむべき一篇の詩とは何か 藤井貞和詩論集』思潮社 1989
『反歌・急行大和篇』書肆山田 1989
『ハウスドルフ空間』思潮社 1989
『ピューリファイ、ピューリファイ！ 藤井貞和の詩』書肆山田 1990
『大切なものを収める家』思潮社 1992
『続・藤井貞和詩集』思潮社（現代詩文庫）1992
『湾岸戦争論 詩と現代』河出書房新社 1994
『「静かの海」石、その韻き』思潮社 1998
『パンダくるな』水牛 2001
『自由詩学』思潮社 2002
『ことばのつえ、ことばのつえ』思潮社 2002
『神の子犬』書肆山田 2005
『人間のシンポジウム』思潮社 2006
『詩的分析』書肆山田 2007
『うた―ゆくりなく夏姿する君は去り』書肆山田 2011
『東歌篇―異なる声』反抗社出版・カマル発売 2011
『春楡の木』思潮社 2011
『人類の詩』思潮社 2012
『美しい小弓を持って』思潮社 2017

目次

近代詩と戦後詩

林浩平さん（会長）から、四季派の短歌について発表したら？という提案がありましたので、月刊『四季』の創刊号あたりから十冊と、終わりのほうの十何冊とぐらいを、眼を通したところで力尽きました。ぜんぜん短歌は出て来ません。

それから、会報を送っていただいて、ありがとうございます。拝読しました。三好行雄さんのこととか、野山嘉正さんのこととか、ここは学会なので、近代詩の研究との関わりみたいな問題にふれないといけないのですが、個人的な感想ばかりです。酔っ払っている野山さんをタクシーに押し込めてほっとしたとか。三好さんについては話をあとに持ち出したいと思うのですけれども。

わたくしはいま、都立西高校の出身とご紹介いただきました。〝中原中也のランボー〟ということはだいじだと、いまも言い続けているわたくしで、高校二年次に遡ります。友人の市村元くんはわたくしに比べて、もっともっと熱心に中也を読み込んでいます。「中也のランボーの日本語訳について調べたいから、藤井くん、一緒に職員室に行ってくれないか」と、フランス語を勉強したいと頼みに行くんですね。学校は幸い、若いフランス語の講師を雇ってくれて、三年次に何人かで授業を受けて、とにかく希望がランボーを読めるまでになりたいということですから、その先生もフランス語のきちんとした文法の授業をやってくださいました。

国会前では「岸を倒せ」と叫び、学校へ帰ってくるとフランス語を勉強するという、安保闘争の時節（一九六〇年）です。外国語をどうするかの問題は非常にだいじです。中也を研究的に読むということが、とてもだいじな近代詩の本質に関わると、それは私よりも市村くんが見抜いた問題だと、いまでも思っています。中也は必死に、一生かけてランボーを訳し続けているし、読み続けている。そして、夕方などにちょっとこう、疲れたなっていう時に、中也じしんの詩や歌が出てくるという感じで、だから中也の詩や歌をわれわれが一生懸命読むのはよいと思うけれども、でもその原型にある、欧米のフランスならフランスの詩を、それこそ一生懸命に読むというかれらの翻訳の仕事が近代詩のあり方と思いました。中也は疲れ果てるまでランボーを読んでますから。すみません、アドリブでお話しして、うまく言えない。

中也の詩は角川文庫ですね、わたくしが中、高校のころに読んだのは。非常に良心的というか、一行の短い作品は二段に組んで、たくさんはいるようにして、あのような組み方は面白いというか、角川源義さんは折口門下で、わたくしの父の知人でもあり、心意気を感じました。

文庫と言えば、角川文庫だったかな、ヘルダーリンの詩集にはびっくりしましたね。二人の翻訳者で、吹田順助さんが文語詩、小牧健夫さんは口語訳で、それが一冊の詩集のなかに、文語訳で出たかと思うと、口語訳になって、そのお二人のあいだに連絡がないも同然で、バラバラ。一人の詩人の作品ですよ、それが日本語訳の時に文語調と口語調という両方ありだよっていうのが衝撃で、かえって学ぶものがありました。

翻訳の作品だからこうというのではなく、一方で中也がランボーの訳を一生懸命やっているというのに、いっぽうで文語でも口語でもごちゃまぜに、とにかく一冊の詩集として投げ出されているというこの風景は、正直言って何とも嬉しかった。ちょっとこの衝撃とともに何かが分かったような気がしました。その後、そんな体験はありません。日本語訳される外国語の詩集をたくさん読ませてもらうけれども、なんかもう綺麗で、翻訳者が一人で苦心して翻訳して、というタイプが多いと思うんです。あのヘルダーリン詩集にはまた会いたいなと思います。

ええと、三年次の九月か十月ぐらいかな、そろそろ受験とかあるじゃないですか。市村くんが図書館から『解釈と鑑賞』という国文学の雑誌、分かりますよね、それを勝手に持ち出してきて、立教大学に三好という若い先生が「彗星のごとく現れた」という記事を見せます。昭和三十五年ですから、近代文学の先生はどの大学でもそろそろいらっしゃると思うけど、彗星のごとく現れた近代文学の研究者がいる、しかも近代詩中心らしい。それで立教に行ったらどうかと。そのまま立教に進学してたとしたら、二年後に三好さんは立教をやめるから、行かなくてよかったと思いますけれども。ともあれ、そのとき見開きで、あの『解釈と鑑賞』に三好さんの記事が出ていました。

三月になってくると、卒業式があって、私は卒業式に出なかったです。なぜかというと、さきに注文してあった西荻窪の本屋さんから伊東静雄全集（人文書院）が届きましたよという連絡です。ちょっと粋がってたんですよね、卒業式に出ないで伊東静雄全集を取りに行くというのは。千三百円という、高校生には無理な高価でした。どこからお金が湧いてきたのかな。

どうしてそれを買う気になったかと言うと、戦争詩の問題があります。伊東静雄は新潮文庫だったか、解説が富士正晴さんだと記憶しています。同時に桑原武夫さん。伊東静雄がもう戦争詩を書いたことを恥じて云々とある。そうすると全集を手にいれたら、その戦争詩を読むことができるんじゃないかと。安保闘争の年で、松川事件の裁判もありましたから、わたくしもやや社会化してきたのでしょう、戦争詩のこととかを考え始めた幼い段階なんですけど、少しそういうことを考えてみたいと思って伊東静雄全集を買ったのです。

結果、全集に対して、なんか不満がいまでも残っているので、全集に全部、戦争詩が出ていたのか、やっぱり全集にもかかわらずちゃんと出てくれなくて不満が残っているのか、いま本箱の奥を探せば埃にまみれて、化粧箱入りの全集が出てくるはずだから、見ればすぐわかるんですけど、読み返す勇気がまだないです。全集というから、もっと何か違う形を考えたのかな。

大学にはいると、英語の先生の小田島雄志さんが、この人はシェイクスピアの研究者としてのちに著名になるのですが、初めて大学の教壇に立つ日だというのですね。「君たちは新入生、ぼくは新人教師」とか言って、何をやったかというと、黒板にさらさらっと中也の詩を書くんですよ。いまやったらキザだけど、当時はそう思いませんね。中也の詩は何だったかな。それを暗記して、最初から二番、三番と完全に全部、黒板に書いて、先生の世代と私たちとの共通項として中也の作品があるのです。そういう中也の時代でした。とても嬉しかったですよね。

寺田透さんはフランス語の教師として、入門に何を課したかというと、不規則動詞を三ヶ月間、暗記させる。ただひたすら読み上げて、それをわれわれが復唱する。なんかもう三ヶ月かけて不規則動詞を読むだけですが、しっかり覚えることができたからよかったと思います。ときどきチラチラと批評家である寺田透が出てくるんですね。イタリア語、それからロシア語の研究で、ロシア文学の話が出てきて、それはありがたかった。ランボーの『イルミネーションズ』っていう詩集がございます。たいていのフランス文学の研究者は『イルミナシオン』とかいうんだけど、違うんだと。英語だから「イルミネーションズと言え」と。ちょっと中也の作品が、一九六〇年代の初頭ですけど、共有財産になってたっていうことを、やっぱりこう報告しておきたいなという風に思います。

なかなか三好行雄にたどり着きませんで、ごめんなさい。

わたくしの家は新年会のとき、その一月二日、折口信夫の弟子たちがみんな集まる日で、折口(や堀辰雄)が亡くなったのは八年前ぐらいですけれども、國學院系が中心になって、その方たちが何十人も、入れ替わり立ち替わりでいらっしゃるんですね。折口のことをわたくしも読んだり聞いたりしていたので、折口関係の、聞いたことのある名前の人が何人も来て、伊馬春部さんは放送作家として、まだテレビがなかった頃ですからラジオドラマをつくったり、あるいは少年少女文学をいくつか書いたりして、それをわたくし(や姉)に送ってくれたりしていました。

わたくしは大学一年生で、専門の進学先を決めなければならない時でした。国文学科に行くか、外国語関係の科に行くべきか、ちょうど迷ってたところなので、伊馬さんに聞いてみようと、まあなんか話しかけるきっかけと思って相談すると、伊馬さんの答えは、「外国文学は二十五歳までだ。国文はいつでもできるんだから、外国語文学科に挫折したらその後、もう一回やり直す時に国文科に行けばよい」と、わかりやすい答えでした。

そのころの仏文科は優等生の巣窟で、わたくしはかろうじて滑り込みましたけど、入ってみると周りはもう日仏学院とかアテネフランセとかにかよって留学を目指すような、そういう優等生ばかりで、わたくしは見事に劣等生になります。ただし、井上究一郎さんの演習で、ボードレールやランボーをやってくれて、念願は果たせました。さいきん、安藤元雄さんから、「君たち、いいね。イノキュウさんのランボーが聴けて」と恨まれました。「ぼくたちが頼んだから、君たちはその恩恵を蒙っているんだ」と言われました。

面白かった授業として、ブロック先生。フランスで活躍しているセシル坂井やアンヌ坂井のお母さん。彼女がわたくしにもわかるフランス語で授業をやってくれて、それは嬉しかった。同級生の優秀な学生があるとき手を挙げて、ブロック先生に、「僕たちはもっと会話とかコミュニケーションとか、そんなのを勉強したい」って、授業の中で言っちゃったんです。先生は静かに、「ここは大学です」とおっしゃいました。ここは会話を教えるところじゃないんですよっていう意味でしょう。やっぱりちゃんと勉強するんだ、研究するんだ、学問するために大学に来てるんだ、というような趣旨をおっしゃったと、よく覚えています。

ええっと、フランス学科に入ったけど、劣等生で終わるんだなー、って時に、まあ転科という手段がのこされてあるんですね。国文科助手室に、九月ごろ、のこのこ出かけて、久保田淳さんに、「あのー、国文科に転科したいんですけど」と申し込んだ。久保田さんは「本郷の先生が進学予定者のために駒場で授業を一つやっているから、それを受講したら転科させてやる」と。あー、これで三好の授業をついに受けることになりました。

三好さんは島崎藤村研究を、「詩から散文へ」というテーマで展開しているところでしたが、幸か不幸か、三回目ぐらいの時に、三好さんから言われた、「もう君は来なくていい。単位はあげるから」と。免除されたというのか、追い出されたというのか、まあその後、三好さんの藤村論は本になりました。

三好さんはもちろん、近代詩の研究者でもあるから、わたくしはすべて眼を通してきたと思います。三好さんの書いた「四季派」論に、『國文學』一九七二・一〇の「認識者の抒情（副題「立原道造と中原中也」）〈『詩歌の近代』所収〉があります。立原道造を四季派の内部告発者と見るのでなく、ただひたすら認識者として、堀辰雄との「訣別」、中也との「別離」を描きとる、という論でした。（余談ですが、三好さんのお家で、柳井滋さんと、あと一人と囲む麻雀で、大学院生のわたくしはかれらから有り金全部をむしりとられて、歩いて帰ったことがあります。）

ロラン・バルトが日本に最初にやってきて、本郷の教室を超満員にして講演会をやったのは一九六〇年代の後半でした。まあ、大学闘争が始まる直前ぐらいです。私は本郷の国文科の研究室にいて、持ち込んだ急ぎのアルバイトみたいな仕事があってやってたら、そこに講演を聴いて帰ってきた三好さんがちょっと興奮気味に、研究室といっても学生が溜まっているところへ来て、なんとおっしゃったかというと、「国文学研究の昨日までは作品論だった。今日からは国文学研究に作品論とテクスト論との二元的構造が始まった」と。ロラン・バルトを聴いてきた三好さんが、です。（すみません、不正確な記憶です。）

三好さんといえば、〈作品論、作家論、文学史論〉という三点セットで、近代文学研究を構築しようとしているさなかです。ロラン・バルトは来るのが早すぎた。十年ぐらいあとでも来てくれればよいのに。テクスト論が今日からだって、これ、前田愛を視野に入れた三好さんの発言ですよね。六〇年代の後半から七〇年にかけてポストモダン研究が始まってゆくとてもだいじな時です。

三好と前田とがライバル同士で、これはもちろん研究上のぶつかり合いで、喧嘩ではないですが、それを目の当たりにしました。テクスト論をどうするかと、前田愛がいわば目の前にいて突きつけてくる。前田愛はその後、山口昌男さんや大江健三郎さんと雑誌を作ったりして、どんどん、もうそれも八〇年代に続けて、テクスト論の方に行くわけですね。六〇年代の終わりにはすでにそういうぶつかり合いが始まってたんじゃないかなと思います。

三好さんとしては自分の作品論をどうするかと、一方でテクスト論の問題を控えていた。近代文学研究者としては、初めての東大の先生で、それまでは吉田精一さんが別格で、一般には古典の研究者が近代文学の研究も授業でやることによって（卒論指導とか）、大学を何とか取り持っていた。（吉田さんは古典文学をも講じていた。）

その時に三好さんが初めて大学の教壇に立って近代文学研究を構築する。じゃあ、仮想敵は？もちろん古典文学ですよね。吉田精一はだいじな先生だけど、先生って乗り越えたり反逆したりするためにあるわけですから、三好さんとしては古典研究にうずもれている近代文学研究を独立させなきゃっていう使命感で燃えていた（かな？余裕をなくしていたかも）。

古典研究というのは仮想敵なのです。私なんか、三好さんの授業に出続けて、近代にすり寄りながら、やってることは宇津保物語とか、源氏物語とか、そっちに行くわけですから、何となくうしろ暗いし、三好さんとしてもやりにくかったかもしれません。わたくしとしても、バフチンふうの宇津保物語論を構築したくて、近代に片足を突っ込んでいたし、古典を仮想敵として新しい近代文学を独立させようって三好さんは格闘して大変だった時に、仮想敵が授業の中にいるわけです。あとになってですが、有斐閣双書の竹森・三好編『近代文学』9（現代の詩歌）では「現代詩の方法」を書かせてくださいました。

その頃、一方で前田愛ですよね。前田さんはずっと病気をなさって、お会いできた時は嬉しかったです。あー、これが前田愛かと。三好さんからも、前田さんからも、受け取るものが大きかった。一九八〇年代、東ドイツではもうすでにポスト冷戦の前哨戦ですが、一般にはポストモダンの真っ最中で、ベルリンの壁の崩壊まえの、冷戦がずっと続くんじゃないかというときに、みんな選択を迫られるわけですよ。ポストモダンにゴマを摺るか、敢然とアカデミズムに立てこもるか。国文学関係の先輩達や、ちょっと上ぐらいの人は非常にあの苦しんだと思うんですよね。三好か前田かというのはごく表面的なことです。

時代に乗るか降りるか。多分、軽薄な言い方をわたくしはしているので、深刻に考えていただかないほうがいいんですけれども、そういう時代が永久に続くこの冷戦にまつわる違和感をどうするか。吉本隆明なんかはいち早く仲間たちを引き連れてポストモダンのほうへ行く。消費社会の中を吉本さんなんかは生き抜く。時代にとってそれで救いでもあるわけですね。非難しているわけでなく、彼がいち早くをポストモダンに乗るという形で多くの若い人たちを救済してくれた。

前田愛の晩年は、これはびっくりしたけど、最後の本のタイトルが『文学テクスト入門』でした。前田愛さん、そこまで言うかよっていう、でも「よし」と思って飛びついて読んだ時には、もう前田さんは亡くなった。一九八七年です。

その前年には、もう一人、だいじな人の名前を挙げると、鮎川信夫ですよね。まあ、その反ソ連というか、あるいは韓国の問題があるのですが、反体制として戦っているソルジェニーツィンに共感する、鮎川さんの作品がありますけども、そういう形で鮎川さんはポストモダンから徹底して距離をとる。安保闘争にしても、吉本さんは国会の中に飛び込んだり、頑張っちゃいますけども、鮎川さんは〈デタッチメント〉。戦後詩の中で、みんなから尊敬されつつ忘れられてゆきます。荒地が、です。鮎川さんはみんなから忘れられるという形で、六〇年代、七〇年代、八〇年代と、敢然と屹立していたと、今思い出すべきは鮎川さんだと思う。鮎川さんが最後の書いた本もポストモダン批判なんです。

一九八六年に鮎川さんはいわば遺言のようなその著述をのこして亡くなる。そして、その三、四年後に冷戦が崩壊する。予言といえば予言か、まあ予言するような人じゃないから、鮎川さんはやっぱりそういうポストモダン批判の立場を屹立させたまま亡くなりました。一方、前後して亡くなりましたけど、前田愛さんはポストモダンで、先ほど言ったように山口昌男などと一緒にポストモダン社会を見渡したり、近代を現代文学の中に位置づけるというのか、『文学テクスト入門』という本に吐露しておられるっていうふうに思います。

一九六〇年代の前半に『戦後詩』（紀伊國屋新書）というだいじな本を書いた人がいて、寺山修司です。戦後詩といっても鮎川さんとか荒地派とかと違うんですよね。寺山さんからすると、田村隆一とか荒地派とかの戦後詩は非常に日本社会が行き詰ったところで頑張ったにしろ、戦後詩というのは「死んだ男」みたいなのを相手にする作品じゃなくて、もっと希望とか、何か歌うこととかに寺山さんは可能性を見ていた。そうするとますます荒地ってなんだろうかという問題は、残るにしてもそういう人たちが忘れられてしまうという形で消えてゆく。田村さんにしても、鮎川さんにしても、消えてしまうかもしれない。まあここ数年、鮎川さんを評価する動きが若い方から出てきているのは希望かなと思いますけども。

ともあれ、一九八〇年代の終わりは冷戦崩壊直前のバブル景気の予感もあり、ちょっと乗っかろうかなというポストモダン雰囲気で、わたくしもまあ恥ずかしげなく、その浮かれ騒ぎを一緒にやろうかなという傾向はありました、雑誌『飾粽』とかね。北川透さんや瀬尾育生さんは名古屋で『菊屋』を出していて、同じような感じです。それは冷戦が続くならば、まあいいかなというところですが、現実には冷戦構造が、東ヨーロッパ社会のひとたちが冷静に見ていた通り、崩壊するわけです、ベルリンの壁が崩壊する。

一九九〇年代日本現代詩はその後、何がどのように出てくるか。戦争詩問題というか、戦争詩の問題が終わるというだけでなく、現代詩そのものがそこで一旦、終わろうとしたんじゃないかということです。一九八〇年代を最後にして、そのあと四十年は書き手たちが個別で作品世界をつくってゆくという、八〇年代から九〇年代への断絶感というのは大きかった。現代詩が一旦そこで終わるということではないでしょうか。

四季派学会は、その頃に雑誌を出し始めるから、その流れの一つなのかもしれません。問題は終わった現代詩が四十年間、やっぱり詩として変わり続けながら生きのこるわけです。それをどうするかの問題について、今度は次の世代が引き受けるのか、それまでの研究者たちは新たな視野を構築してやってゆくということか、現在はそういう岐路あるいは帰路に立っているのではないかと思います。

だいたい時間ですが、一言二言、堀辰雄にふれなければなりません。堀は『四季』に出てこないことによって四季派というか、『四季』にかかわりながら、折口との接点も気にかかります。

わたくしの高校一年次の教科書に堀辰雄の「十月」がありました。唐招提寺のエンタシス円柱に触れるというところ。堀は夕日影に何を見たのか、はっと見直すともう円柱から光は消えて、見慣れた時間へともどってしまうのです。忘れ得ない「十月」でした。

もう一つ、戦後詩とは何か。わたくしなどは石原吉郎の詩を挙げることになります。抑留七年ののち、戦争から帰ってきた石原さんが、舞鶴港から船を降りると本屋さんに飛び込む。堀辰雄の本を手にして「あー、これだな。これが社会にのこってたんだ」というところ、石原吉郎が手にしたのは『風立ちぬ』だったでしょう。何かこう、シベリアの体験から帰還したとき、堀辰雄から戦後の何かを受け取ろうとした石原さんです。〈四季派〉から戦後詩へ、一縷の線が引けるかもしれません。

近代詩語のゆくえ

喩と喩とを組み合わせる

「近代詩語のゆくえ」というタイトルを付けてしまったのですが、今日はどういうお話をしたらよいのか。詩の世界で言葉を変革したのはだれがいるだろうと考えると、古代詩語では大伴家持を挙げたいですね。次に中世では藤原定家、そして近代ではやはり萩原朔太郎。ほかにはいないでしょう。この三人を並べると、もう話が終わったような気がします。

最近、物語言語に関する大きな仕事を二つほど抱えてしまって、それを片付けるのに精一杯で、ほとんど準備ができないままこちらに参りました。物語言語と詩的言語とは、分けられるとも言えるし、どちらも文学言語として一つにまとめられるとも思いますが、ここで散文とは何かみたいなことを言い出すと、こちらには朔太郎に関するうるさい専門家の方がたくさんいらっしゃいますから、物語言語のほうをちらっと絡める程度にして、詩の世界のお話をしたほうがはいってゆきやすいかなと思っています。

『源氏物語』の主人公はだれですか。まあ、光源氏でしょうか。光源氏は「いる」と思いますか。いないですよね。たとえば東京なら東京に出てきて、東京駅で別れましょうみたいな話があるとする。でも、小説のなかに東京駅はありますか。羽田の空港から旅立つとして、羽田空港はあるでしょうか。あるいは時間なら、『おしん』みたいなテレビドラマの冒頭に「昭和十年」と書かれていたとして、昭和十年という時代はあるでしょうか。そういう時間とか場所とか、真知子巻きの女性と数寄屋橋かなんかですれ違う、その数寄屋橋は作品のなかにありますか。ないですよね。「ない」を「ある」にするにはどうするのか。どういうふうにしたら表せるのか。というのが物語のほうではだいじな出発点になるわけです。

一九九〇年代に、物語を考える上でたいへん流行った「喩」という言葉があります。『源氏物語』のなかでは、「たとへ」とか「たとひ」というような言葉で表されますが、たとえば河添房江さんが書かれた『源氏物語の喩と王権』(一九九二、有精堂出版)という本の第一ページを開くと、「花の喩」という言葉が目に飛び込んでくる。ないものを表すために、いない主人公を表すために、ない羽田空港なり東京駅を表すために、ない昭和十年を表すためにはどうすればよいか。それは簡単で、喩と喩とを組み合わせればよいんですね。これが一九九〇年代のわれわれの、物語における発見と言えると思います。「喩」ということを通して物語が始まり、喩と喩とを組み合わせればないものをあらしめることができるんだと、そんなことを考え出したわけです。

文学言語としては、詩の世界でもまったくおなじようなことが言えるかと思います。散文というと朔太郎の専門でもありますが、物語になってくると散文に限らなくて、韻文でもあり得るわけです。ですが、韻文の研究のほうでは細かく、引喩がなんたら、直喩がなんたらと言いますね。それこそ最近、野沢啓さんが『言語隠喩論』(二〇二一、未来社)という本を書いていますし、阿部嘉昭さんは「換喩」という言葉を用いたりしている。詩の世界を細かく見てゆくときにそういう言葉はだいじなんですが、物語のほうではもうすこし鷹揚という気がします。

詩の世界の喩

先ほど「花の喩」という言葉が目に飛び込んでくると言いましたが、本当に目に飛び込んできたらえらいことになりますよね。こういう言い方は死んだ比喩、デッドメタフォアと呼ばれています。たとえば子どもの言葉なんかですこし気の利いた比喩的表現があると、「あ、詩だねえ」とか言って感心したりしますけれど、詩の世界のほうではいま申し上げたように、引喩とか直喩とか換喩とかいうふうに細かい分け方をしています。それがすこしでもうまくゆかないと、生きているはずの比喩がすぐに色あせて、死んだ比喩、デッドメタフォアに変わってしまう。「こんなの詩じゃないよ」と言われてしまうわけです。一所懸命書いた詩をそんなふうに言われると、がっかりして落ち込みます。物語では許されることが、詩の世界になると許されずに、たいへん苦しい思いをすることがあります。

朔太郎が比喩について、痛烈に批評しているところがあるのです。朔太郎が例に挙げているのが、「春が馬車に乗つて通つて行つた」とか、「彼女はバラ色の食慾で貪り食つた」(註・いずれも『詩の原理』一九二八、全集六巻、一七六〜七頁)とかいうようなのです。朔太郎に言わせると、これは詩ではない。印象的散文だよというわけです。もう一つ、「馬の心臓の中に港がある」(註・『詩の原理』で朔太郎が批判的に挙げた例。全集六巻一七七頁　元は北川冬彦「馬　軍港を内臓している」のことか)。当時の自由詩と言われるものを貶したというわけでもないですが、すぐに詩が消えてゆくことへの朔太郎の抗いでしょうか。具体的にこういう例を挙げたわけです。

印象的散文と散文詩とは違います。散文詩というのはあくまで喩を利用した作品です。印象的散文と変わりないように見えても、散文詩は詩になるわけです。見た目はおなじですが何が違うかというと、その喩のあり方を詩の書き手が真剣勝負で取り入れてゆくというところではないかと思います。だんだん難題になってきましたが、朔太郎という人は、近代詩語のなかで言葉のあり方を追求した変革者だったのではないか、という結論に入ってゆきたいと思うので、言葉の問題をすこし尋ねてみたいというふうに思っております。

いまの三つの例、「馬の心臓の中に港がある」みたいなのは、言葉としてはかっこいい。けれど、こういうものは死んでゆく言葉になってしまう。この話題は、昭和三(一九二八)年に出た詩論『詩の原理』に書かれています。朔太郎論はたしかにだいじです。だいじだけれども、朔太郎が書いた『詩の原理』のような作品、というか詩論、詩学、これが現代でももうすこし生まれてほしいという思いがあります。『詩の原理』は内容論と形式論という大きな二つのパートに分かれつつ、詩論、詩学をとことん追求してゆく、そういう仕事ですよね。だれかこの続編、『続詩の原理』を書けばよいのにと思いますが、そちらのほうにはなかなか行かなくて、朔太郎とは何ぞや、という朔太郎論にばかり議論が行ってしまうというあたりに、私は若干の不満を持っています。なんて言うと、ちょっとここに居づらくなりますけれども、まあ今日は「研究会」ですので。

日本の詩か、世界文学の詩か

「四季」という雑誌（第二次）は、昭和九（一九三四）年から八十一冊出ています。朔太郎は「四季」に詩なんか書かないで、アフォリズム的な批評をいろいろ書いていますね。四季派学会でこのまえ講演を頼まれて、ずっと読んでみようとしましたけれど、十数冊で投げだしました。四季派学会ではなかなかつらい思いをして、そのときは研究状況みたいなことをいろいろお話ししてごまかしました。安さんや栗原さんもいらっしゃったので、ばつが悪いですけれども。

朔太郎のことも、わからないことばかりですが、ただ近代語の中でどんどん言葉が変わってゆくその局面局面で、朔太郎が関心を持ったりやろうとしたりしたことはとてもだいじなことなので、それは研究会の中で申し上げるべきことだと思って、題名を「近代詩語のゆくえ」としました。「ゆくえ」というのがどこかへ行ってしまうことだとしたら、最後に私が逃げ出すための詭弁のような感じではありますけれども。

ともあれ、近代詩語の言葉の問題として、朔太郎は何を考えようとしたのか。先ほどお話しした昭和三（一九二八）年の『詩の原理』の一番だいじなところで、本当に原理的なことを考えようとしたと思うんですね。その一番だいじなところはきちんとおさえたいと思います。そのあと昭和三年、四年、五年と、だんだん軍国主義的な時代に入っていって、作品のタイトルを見ても、どんどんナショナリズムが深まっていくように見えるかもしれない。人によってはそういう面から朔太郎を批判することがあります。これはなかなか言いにくいことで、きちんと言っておくべきことだとは思います。

ただ私は、すでに昭和三年代において詩語の問題を考えようとした朔太郎が、ナショナリストになってゆくというのはちょっと違うと思っています。私はナショナリズムという言葉を使わないようにして、日本語のエスニシティという言い方をしたいと思います。私には民俗学みたいな関心があるので、国家の言語がこうなりましたみたいなことはある意味ではどうでもよくて、むしろエスノロジーとしての日本語というのか、エスニシティとしての生き方、生き様というのか、そういうことのほうがきちんと評価するに値するだいじなことではないかと思っています。日本語のエスノロジー、エスニシティとしてはどういうことがだいじなのかなということで考えてゆきたいと思います。

朔太郎は、『詩の原理』の最後の章「結論」を、「島国日本か？　世界日本か？」で終えています。どういうことを言っているかというと、つまり島国ならそれでよいです。だけど詩の世界では、日本語で書かれるという一つのエスニシティの問題、世界の詩でなければいけない。世界の一部であるという問題があるということなんです。これはかなりの矛盾ですよね。四季派の方たちは、もう日本語の詩でいいやということで、どんどんナショナルの世界へと入ってゆきますけれども、それに対して朔太郎は、世界の一部なんだということを繰り返し言っている。これは皆さん読者としてよくご存知だと思います。それまでいろんなことを書いてきて、最後にそういう形で文明の軌道を換えるんだと言っています。朔太郎の論は難解です。世界か日本かの狭間に立って、あわいに立って、一見矛盾に見えるところをその抗いで超えてゆくわけですから、それはたいへんだったろうと思います。

数とジェンダー

これからの詩を考える上では、絶えず世界の詩ではどういう話題がだいじになっているか、日本語ではどうなっているかを考えなければならないと思います。日本語だとよい加減だったりどうでもよいと言われたりしているようなことが、実は世界ではだいじなんだということがありますね。例えば中学生が英語の勉強をするときに、単複同形とか数の一致とかを間違える。

そうすると先生が喜んでバツを付けたりする。でも日本語では、そういうことはほとんど話題にされずスルーできる。こういう言語の違いをどう超えるかが問題ですね。日本語だからそれでいいや、島国だからそれでいいやと放っておくのか。いやそうじゃない、日本語を世界の言語にしてゆくためには、数の問題をきちんと考えようじゃないか、文法書にもきちんと書くべきじゃないか、と言うのか。それともスルーするのか。日本語の文法書だとまったく触れないということもあり得ますよね。

二、三百メートルとか、一、二件とか、五、六百回とか言います。一件と二件ではずいぶん違うなと思いますが。件とか回とか、日本語では助数詞が大発達しているので、数詞の世界は豊かになっているけれども、一方で三単現sとか、そういったところはルーズです。だけどそれは日本語でもきちんと考えなければいけないことだし、逆に数詞の問題は外国語でも考えなければならない。そういうことをきちんと考えた人が、言語学者の中にいることはいます。インドヨーロッパ語における数の活用、数の研究をした泉井《いずい》久之助という方の本（『印欧語における数の現象』一九七八、大修館書店）ですけれど、日本語の細かな数詞の世界を、インドヨーロッパ語と比較して調べている。

たとえば皆さんもよく知っている芭蕉の「古池や蛙飛びこむ水のおと」の、蛙は何匹いますか、なんてよく話題に出て、日本語だからどちらでもよいですみたいに答えていた先生もいらっしゃいましたけど、この「古池や」の句は、英語とかフランス語とか、世界の諸言語で数十から百ぐらい翻訳の例があるんだそうです。外国語だと数の問題は避けて通れないだいじな問題ですが、日本語でもその問題をたいせつにしようじゃないかと泉井さんはおっしゃっています。私もそう思います。

アイヌ語で考えると、蛙《かわず》、カエルが古池に一斉に飛び込むとして、これは複数ですか、単数ですか。一斉だから英語で言えば複数ですね。だけどアイヌ語では単数です。しいんとした古池に蛙が一匹飛び込みました。一匹、ポチャン。「閑さや岩にしみ入る蟬の声」じゃないけど、静かに。それでまた一匹が飛び込みます。また静かになります。そうすると、こちらからまた一匹飛び込む。これは複数ですか、単数ですか。複数ですよね。日本語を素朴に考えていると何でもない数の問題が、言語が変わると非常にだいじなこととして生き返ってくる。

「秋の日の／ヴィオロンの／ためいきの／身にしみて／ひたぶるに／うら悲し。」でしたか、ヴェルレーヌですね。上田敏の訳（「落葉」『海潮音』一九〇五、本郷書院）。「ヴィオロン」は複数でしたか。あるいは、「ためいき」は複数ですか、単数ですか。はい、複数ですよね。上田敏が引き受けて訳してくれたものをそのまま受け取るだけではなくて、研究会ですから調べる必要がある。いま（会場の方が）言ってくださったように、「ためいき」は複数です。フランスではまだほかにも類似した作品があって、永井荷風か誰か忘れましたけれども、これも翻訳されています。上田敏は省略していますが、長い長いため息、フランス語（Les sanglots longs）、つまり死んでゆくときの断末魔の苦しみだそうです。ため息と言っているけれど、だんだんだんだん息が細くなって死んでゆく。それをため息という言い方で表している。長い時間をかけてだんだん息絶える、そのため息、苦しみというのは複数になるわけです。こういった問題は、言語を超えて考えてゆきたいなと思います。

プリントに朔太郎の「竹」を並べておきました。「竹、竹、竹」と三つ並んでいます。

竹

ますぐなるもの地面に生え、
するどき青きもの地面に生え、
凍れる冬をつらぬきて、
そのみどり葉光る朝の空路に、

なみだたれ、
なみだをたれ、
いまはや懺悔をはれる肩の上より、
けぶれる竹の根はひろごり、
するどき青きもの地面に生え。

竹

光る地面に竹が生え、
青竹が生え、
地下には竹の根が生え、
根がしだいにほそらみ、
根の先より繊毛が生え、
かすかにけぶる繊毛が生え、
かすかにふるへ。

かたき地面に竹が生え、
地上にするどく竹が生え、
まつしぐらに竹が生え、
凍れる節節りんりんと、
青空のもとに竹が生え、
竹、竹、竹が生え。

みよすべての罪はしるされたり、
されどすべては我にあらざりき、
まことにわれに現はれしは、
かげなき青き炎の幻影のみ、
雪の上に消えさる哀傷の幽霊のみ、
ああかかる日のせつなる懺悔をも何かせむ、
すべては青きほのほの幻影のみ。

『月に吠える』（一九一七、感情詩社・白日社）

これは普通、リズムの問題として扱われるのかもしれませんが、この「竹、竹、竹」は、数の問題でもあるわけです。これを読むときは数について、日本語だからルーズでよいんだ、適当なところがよいんだ、などと言わないで、もっと厳密に日本語を鍛えてゆくという思いを、朔太郎とともに持ちたいと思います。現代に書かれた詩のなかには、数の問題についてたいへんルーズなのが多いとしても、きちんと書いていて感心する、石原吉郎の作品などは、一行一行、数の問題を無視しないという書き方になっています。

ジェンダーの問題についても、日本語はルーズだと言われています。性数一致と言って、ドイツ語は中性動詞とか、フランス語では女性形容詞があるとか。無理かもしれませんが、日本語でもジェンダーの問題を考えながら作品を書いてみるということがあってよい。フランス語でジャンル（genre）という言い方をします。英語にも昔はジェンダーがあったけれど、あるとき消えたとか、文法というのは変化します。

一九八〇年代から九〇年代にかけて、アメリカで「ジェンダー」という言葉がたいへんだいじな言葉になって、大騒ぎになりました。私も大騒ぎしました。文法の問題から切り離されてもなお社会学的に哲学的に生きなければいけない言葉として、ジェンダーという言葉が英語のなかに復活したわけです。アメリカではフランス語へのコンプレックスから、文法から切り離してジェンダー、ジェンダーと騒いでいるんだと、悪口を言う人もいました。しかしそうではなくて、本来は文法用語であって、ジェンダーの問題を生きなければならないと私は思います。これは大騒ぎしながらジェンダーを輸入した日本でもおなじです。私は女性文学をごちゃごちゃやっていますけれど、そういう中で、文法から切り離されても、せっかく教えられたジェンダーの問題を考え直したい。その中で『源氏物語』とか『伊勢物語』とかを考えてゆくと、いろいろと面白い問題が出てまいります。こうやって世界の言語から教えられることは、やはり謙虚に受け止めていきたいと、あっちこっちで騒いでおります。

「てる」と「ている」――朔太郎の始源性

プリントに、朔太郎の「蛙よ」を載せています。その中の「てる」という言葉に線を引いておきました。

蛙よ

蛙《かへる》よ、
青いすすきやよしの生えてる中で、
蛙《かへる》は白くふくらんでゐるやうだ、
雨のいつぱいにふる夕景に、
ぎよ、ぎよ、ぎよ、ぎよ、と鳴く蛙《かへる》。

まつくらの地面をたたきつける、
今夜は雨や風のはげしい晩だ、
つめたい草の葉つぱの上でも、
ほつと息をすひこむ蛙《かへる》、
ぎよ、ぎよ、ぎよ、ぎよ、と鳴く蛙《かへる》。

蛙《かへる》よ、

わたしの心はお前から遠くはなれて居ない、
わたしは手に燈灯《あかし》をもつて、
くらい庭の面《おもて》を眺めて居た、
雨にしをるる草木の葉を、つかれた心もちで眺めて居た。

『月に吠える』

非常にトリビアルな問題ですが、朔太郎の作品を読んでいて、「ている」と出てくるのが普通かなと思っていると、「てる」と出てくることがある。『月に吠える』などの詩作品にもありますが、散文的な書き物の中でも、普通なら「ている」とするようなところが「てる」になっていることがたくさんあります。気にしないと言えば気にしないけれども、「てる」だとくだけたような口語的な感じがしますよね。「ている」としっかり書いているのが大部分ですが、読んでいると時々はずされます。

古典からをやっている者から一言二言言うと、「ている」という語に相当する言葉は古典にはない。古典の言葉はいろいろに変化していって現代語になったり、現代文で使われている言葉を調べてみると万葉集にあったりします。逆に『源氏物語』はいろいろな現代語訳になっていますが、そのときになんとかそっくりの現代語を探し当てて訳すというようなことをやっています。だけど「ている」は、現代語で大発達を遂げた言葉なんです。皆さんも「ている」、よく使うでしょう。論文とか日記とか。私も書きなぐるようなときは「ている」をたくさん使うので、推敲の段階で消します。「ている」というのがたくさんあると悪文になるので、消さないとみっともない。悪文になる言葉というのはいくつかあって、例えば「たのである」とかですね。こういう言葉は、推敲の段階で削れと言われます。「ている」もそうです。でもこれは一種の進行形なんですね。過去進行形、現在進行形、未来進行形ですから、現代語として消しきることのできない言葉です。

古典で「たり」という言葉がありますね。「た・あり」です。「て・あり」じゃないですよ。「たり」を訳文で「ている」にしてしまって、しかたがないです。その「たり」は変化して「た」になります。現代語の「た」がまた困るのは、過去と完了とが一つになっていることです。これは本当に許せないことでしょう。世界中の言語を見ても完了と過去とは重なる傾向があって、ある程度なら仕方がないかもしれませんが、すっかり重なってまったく一つになっている言語というのは、日本語のほかにどれくらいあるでしょうね。これは恥ずかしがってよいぐらいのことです。

なぜ「てる」のことを問題にしたのかを考えなければいけないのでした。この問題をどう発展させるかですが、「ている」に相当する言い方は文語にはないのです。そうすると、「ている」を避けて「てる」にする朔太郎の思いというのは、文語文の問題ということになってくると思います。いまはいないと思いますけれど、かつて昭和十年代には朔太郎の文語の悪口を言う人がいました。三好達治なんかは本当に洗練された見事な文語を使いますよね。あるいは白秋なんかは俗語もふまえながら書いている一方で、室生犀星のような上手くない文語体もあります。四季派は、ほとんどが口語詩なのでそれでよいのですが、たまに投稿詩なんかに文語詩も入り込んできていて、伊東静雄を除いたらまあ見ていられない文語文ですね。だから文語というのがなかなか難しい中で、朔太郎のは本当に見事な文語体だと思うんです。だけど三好達治あたりに言わせると、なってないということなんですね。

朔太郎の文語は一見、下手に見える。現代語で「ている」じゃなくて「てる」にしているのもそこに関係があるのかなと思いますが、しかし文語文とは何かと言ってしまうと、原始的な言語だと私は思います。洗練された、出来上がった文章語の問題は私にとってはどうでもよくて、生成途中の原始的な段階、だからまだ可能性を秘めている段階なのが、本当の文語文じゃないかというふうに思うんです。ちょっと贔屓目かもしれないけれど、朔太郎の作品、朔太郎の文が持っている原始性、何かこう生成途中というのか始原的性格というのか、そういったものは文語文の上によく表れているのではないかなというふうに考えております。

連用形、連体形で行から行へ

皆さんよく知っている「竹とその哀傷」(『月に吠える』最初の章)の詩篇を、プリントに引いておきました。

竹とその哀傷

地面の底の病気の顔

地面の底に顔があらはれ、
さみしい病人の顔があらはれ。

地面の底のくらやみに、
うらうら草の茎が萌えそめ、
鼠の巣が萌えそめ、
巣にこんがらかつてゐる、
かずしれぬ髪の毛がふるへ出し、
冬至のころの、
さびしい病気の地面から、
ほそい青竹の根が生えそめ、
生えそめ、
それがじつにあはれふかくみえ、
けぶれるごとくに視え、
じつに、じつに、あはれふかげに視え。

地面の底のくらやみに、

さみしい病人の顔があらはれ。

草の茎

冬のさむさに、
ほそき毛をもてつつまれし、
草の茎をみよや、
あをらみ茎はさみしげなれども、
いちめんにうすき毛をもてつつまれし、
草の茎をみよや。

雪もよひする空のかなたに、
草の茎はもえいづる。

すえたる菊

その菊は醋え、
その菊はいたみしたたる、
あはれあれ霜つきはじめ、
わがぷらちなの手はしなへ、
するどく指をとがらして、
菊をつまむとねがふより、
その菊をばつむことなかれとて、
かがやく天の一方に、
菊は病み、
饐《す》えたる菊はいたみたる。

『月に吠える』

また中学生向けの文法用語を使いますが、このなかの「竹」は、一行一行の末尾が多く連用中止形になっていますよね。この中止形の問題についてどなただったか、文語文から口語文への渡り廊下だというふうに言っておられて、私の言いたいことはもうそれに尽きております。この作品の連用中止形というのは、まさに日本語の変革というか、重要な点です。それが文語文から口語文へ渡り歩く渡り廊下なんていう言い方で、ぴしっと見い出されている。そのように言ってよいのではないかと思います。行から行へ、連体形で跨ぎ越えるところもいろいろ見られて、おなじ問題です。

プリントの二枚目(註・末尾に掲載)は、私が自分の本(『日本の詩はどこにあるか』一九八二、砂子屋書房)のあとがきに書いた文章で、もう何十年も前になりますが、そこに朔太郎のことを書いています。詩についてめったに論じることのない私としては、これだけは言いたいという切羽詰まった思いで、その頃の本音を書きました。特に言いたかったのは、当時、短歌の人は短歌、俳句の人は俳句、というふうに、皆ばらばらだったんです。私自身も短歌はまあまあとして、俳句なんかは不得意だと言ったりしていました。朔太郎に言わせると、そういうことは許されない。『恋愛名歌集』、あるいは『郷愁の詩人　与謝蕪村』という評論を書いた朔太郎は、詩、短歌、俳句、三者のいずれも決して力を抜かずに批評を書き上げることのできた人でした。さっき抗いという言い方をしましたが、本当にどれか一つにも手を抜くということなく、詩と短歌と俳句とを並べるということをした。この鼎立が朔太郎の変革者としてのあり方なのではないかと思います。一般にはなかなかできないことですけれども、この文章では特にそれを言いたかった。そういう意味で、プリントに引いてみました。

朔太郎の蕪村論

それから今回、朔太郎の蕪村論について発表したいと思って少し調べ始めたのですが、まったく余裕がなくなってしまいました。ここで蕪村に触れたいと思ったのは、「郷愁の詩人」という言い方です。「ノスタルヂア」という言葉がたくさん出てきます。ここは上州で、皆様にとってはだいじな郷里、郷愁の原点であります。したがって、うまく言えないのですが、なぜ朔太郎が蕪村論に「郷愁の詩人」とタイトルを付け、ノスタルジーと言ったのかという問題を、上州とともに考えたいというのが、今日私が用意したくてできなかった内容になります。

私は奈良県人で、大阪の隣。朔太郎は大阪の河内の国を本籍としています（註・明治四十三年三月まで。以降は前橋市）。河内の国、河内地方というと、皆さん、八尾のあたりとか河内長野とか、河内平野のほうを考えるかもしれないけれど、河内というのは実際には大阪市を取り囲んで、ぐるっと上に伸びてゆくんです。それでどこに伸びるかというと、淀川にぶつかるんですね。蛇を想像してみてください。ウロボロスのように、蛇が大阪を取り囲むようにして淀川にぶつかって、そのぶつかるところで鎌首をもたげる、そこが毛馬村です。蕪村の故郷、「春風馬堤曲」の馬堤がここですね。

私の小学校時代の先生は、東淀川区から、毎日、淀川を超えて通っていらっしゃいました。その小学校時代の先生が言っていたのですが、万一、洪水になりそうで淀川が耐えられなくなったとき、東淀川区がわの堤防を切るそうです。そうするとそちらに水が行きますよね。東淀川区（現在の淀川区を含む）、西淀川区は水浸しになるけれども、大阪の中心部はなんとか助かる。これが大阪の非常時の現実ということだと、嬉しそうに話していました。

非常のときには堤防を切って、淀川から向こうに水を流しますが、普段は大川というのが中之島のほうに向かって流れている。その淀川から大川に水が流れ込むところが水門になっていて、その水門を開け閉めすることで水量を調節しています。大阪の生命線ですけれども、佐々木幹郎さんが若い頃、そこで働いていたんです。毛馬水門、毛馬閘門《こうもん》と言ったかな、ちょうど蕪村のふるさとである毛馬村のところが水門になっていて、なぜ幹郎さんに蕪村論があるかというと、そこで水守をしていたからなんですね。

私も遊びに行ったことがあるんです。あの辺の夜は霧が深くて、淀川も見えなくなるくらいなんですが、私も若かったから霧の中で、ああ、ここが「春風馬堤曲」の馬堤か、なんて感動しておりました。じつを言うと、幹郎さんは私のほかにもう一人、呼んできていました。霧の深い淀川の岸辺に小柄な人影が現れて、まるで埴谷雄高の世界ですけれども、誰だと思いますか。菅谷規矩雄さんです。菅谷さんと幹郎さんと私と、そこで夜明けまで、心おきなくいろんなことを語りあった、という記憶ももうおぼろであるわけですが、そんな場所でした。

そこが毛馬村です。河内の人朔太郎と言うと怒られるかもしれませんが、朔太郎が蕪村に入れあげた理由というのは、一つにはそんなノスタルジーの問題があるのかなと思います。朔太郎自身が書いているからそうなのだろうとは思いますが、ただきっかけはきっかけとして、朔太郎にとっての蕪村の本当の大切さは、もっと別のものだと私は思います。さっき家持、定家、朔太郎と言って蕪村を挙げなかったけれども、蕪村もやはり詩の世界の変革者であって、朔太郎は蕪村と共振するところがあった。だから変革者としての蕪村を書いたのではないか。むしろ私はいま、そういうことを積極的に評価したいという立場です。

朗読と漢字かな交じり文

それから、これもなかなか難しいことなのですが、朔太郎について考えるならば、朗読の問題があります。坪井秀人さんがいろいろ調べておられますが、戦時下、太平洋戦争下は、朗読が「愛国詩」にとってたいへんだいじなものだった。そのことの反動だと思いますが、戦後詩の世代は基本的に朗読拒否でした。ビート系の詩人などの朗読は早くからありましたが、概して一九六〇年代、七〇年代あたりになっても、朗読なんてもってのほかという、戦後詩の時代でした。信じられないかもしれないですが、これは伝えておいたほうがよいかなと思います。

一九八〇年代になって、「僕たちも朗読しよう」と言い出したのは、鈴木志郎康さんでしたね。「朗読したいんだけど藤井さん、どうしよう」って志郎康さんが言い出して、私が「うん、じゃあ沖縄でやろう」と。朗読するのはちょっと恥ずかしいから、沖縄ならできるんじゃないか、とかなんとか提案したんです。沖縄差別だと思わないでくださいね。そのときから沖縄の詩人たちとの交流が始まって、以後はとてもだいじなイベントになりました。ねじめ正一さんなんかとても朗読が上手な人だけど、そのころはまだ一度も朗読をしたことがなくて、「僕、朗読初めてなんだけど」と言っていましたね。それも信じられないかもしれないけれど。

もっと信じられないのは、朗読と言えばあの人というぐらい有名な彼女、熊本から参加してくれた伊藤比呂美さん。彼女も初めての朗読でした。吉増さんも一緒に行って、「朗読ってどうするの?」って指南を受けて、沖縄のジァンジァンというイベントハウスで始めたんですが、たくさん集まってくれました。比呂美さんなんかどうしようって、舞台の脇のところに座り込んじゃって。でも上手でしたね。あれで彼女は味を占めて、それ以来朗読と言ったら比呂美さんになったけど、最初は座り込んでいました。そんなふうにして、我々も朗読をやるようになったんです。

そして、ネイティヴとして当たり前すぎて問題にもならない、しかし日本語で詩を書く上でとてもだいじなこととして、漢字かな交じりの問題があります。例えば日本の小学校や中学校では、十年くらいかけて一所懸命、漢字かな交じり教育をするから、漢字かな交じりの言語能力が出来上がってしまう。外国ではとても考えられない。漢字とかなとは、脳の別々のところから出てくるらしいですね。日本では失読症の研究が非常に発達していますが、ほかの諸言語では朗読のような形で言語能力が決まったり測られたりしているのに、日本語の場合に限っては書くこと、表記の問題が言語能力に関わるという、とんでもない言語なんですね。当たり前すぎて話題にもしないけれど、だいじなことです。

日本語は漢字かな交じりで書くし、ローマ字でも書けるし、かなだけでも書けるし、漢字をたくさん使ったり、違う漢字を書いたり、いろいろできる。書くことに全力をかけている日本の詩の書き手たちの苦しみには、朗読というか音読の世界が表記の世界に移り変わっていったという根底がある。その変革のところで、日本語だけが持っているだいじな言語能力に切り換わっていったということです。それを日本語だけに閉じ込めるのではなくて、もう少し世界にわかってほしい。日本語の朗読も一所懸命やりますけれど、でも同時に書くこと、表記の世界にも詩論があるんだということを、やっぱりどこかで訴えたいというように思います。そういうところで終りにしてよろしいでしょうか。

【質疑】

安智史（司会）：ありがとうございました。講師紹介のときに、詩の朗読に積極的に取り組んでいらっしゃることをお伝えしましたが、詩集『ピューリファイ！』（一九八四、書肆山田）に有名な「つぎねぷと言ってみた」が収められています。いろんな人が朗読をしていますね。ASA-CHANG ＆ 巡礼が曲を付けていまして、YouTube で見ることができます。まさに日本語の始まり、日本語の始原を言語化したような詩です。今日のお話も、朔太郎の詩語が文語文から口語文への渡り廊下ということ、朔太郎の言語の持っている生成途上にあるような始原性、生成性、そのぶん荒削りでもあることなど、たいへん示唆に富んだお話で、興奮しながら伺わせていただきました。本当にありがとうございました。

それでは質疑応答に入ります。先にオンライン上の質問を、続いて会場からの質問を募りまして、最後に松浦会長のコメントをいただければと存じます。それでは質問を受け付けさせていただきます。はい、南原充士さん。お願いいたします。

南原充士：ただいまのお話はたいへん示唆に富んでいて、引き込まれて聞いておりました。どうもありがとうございました。一点、質問があります。私ももう五十年も詩を書いているのですが、最初のきっかけというのが、若い頃に萩原朔太郎の『月に吠える』を読んで、本当にいまでもその衝撃が忘れられないのですが、不思議なのは、朔太郎はどうして日本語の変革を成し遂げたのかということです。先ほど三人の変革者を挙げておられましたが、萩原朔太郎はやはり日本語の、特に近代の詩を変革した第一人者だと思うのですが、なぜ変革者になり得たのか。先輩とか何かに影響を受けて『月に吠える』に辿り着いたのか、それともまったく自分の閃きでもってああいうすばらしい詩集ができたのか。そのあたりをどのようにお考えか、教えていただけるとたいへんありがたいです。よろしくお願いいたします。

藤井：南原さん、ありがとうございます。これは私が答えるべきことではなくて、専門の方々がここにたくさんいらっしゃるので、これから研究されてゆく課題ではないかなと思います。私からすこしお話しすると、贔屓目で言うかもしれませんが、まず朔太郎という人は本当によく古典を読み込んでいた。特別に文語を勉強したというわけではなく、古典文学が血肉化されていて、そういうなかで短歌を作っていた。当時の文学や文化に一所懸命に打ち込んでいる若き青年たちが、その時代の先端でやらなければいけないことはたくさんあって、それをこなしていたのではないかなと思います。さぼったり、よい加減だったりするところに詩の世界はなくて、むしろ青年らしい学ぶべきことや感じるべきことを浴びるように吸収して、その中で次第に朔太郎が出来上がっていった。そこのところの研究は、これからではないでしょうか。

南原：わかりました。ありがとうございます。

安：ほかにはいかがでしょう。はい、吉田恵理さん、よろしくお願いいたします。

吉田恵理：お話ありがとうございました。もう一時間くらい聞いていたいところでしたけれども、一つだけ質問させていただきたいのは、文語と口語とか生成的言語という発想でいった場合、句読点というのはどう考えたらいいのだろうか、ということです。これは朔太郎研究では常に言われていることなのかもしれませんが、例えば『青猫』の巻頭詩、「薄暮の部屋」の「ぶ

むぶむ　ぶむ　ぶむ　ぶむ　ぶむ。」という蠅の鳴き声は、初出ではいちいち読点が打ってあるけれども、その後それを消す操作をしています。朔太郎においても気になるところですが、句読点というものをどのようにお考えでしょうか。

藤井：吉田さん、ありがとうございます。基本的にわれわれはずっと、句読点がなければならないはずの歴史を辿ってきました。欧米においても、聖書が句読点なしに書かれたり印刷されたりするということはなかった。書くという以上、句読点抜きでは考えられないというような時代が長いあいだ、あったわけです。それが近代になって、日本では『若菜集』あたりが元凶かもしれませんけれども、句読点をなくしていって、あるときから句読点を取れば詩になるみたいな安易な時代になってしまった。いまは小学校の詩の時間に先生が、タイトルを書いて名前を書いて行替えをして句読点をなしにして、そうすると詩になりますというようなことを子どもたちに教えたりしている。諸外国では句読点のない作品がずいぶん増えてきていますけれど、本来はやはり句読点のあるほうがいい。だけど、どう付けたらよいのかというあたりの揺れ方、朔太郎はある意味、苦心したんでしょうね。その苦心をいまわれわれもやっているかなあと、そんなことをぼんやり考えはしますけれども。句読点の「くとう」というのは同時に苦闘する、苦しむほうの「苦闘点」でもある。本当に難しいです。これも、これから考えるべきことかもしれません。

吉田：ありがとうございました。

安：一つ、補足いたしますと、『萩原朔太郎全集』のノート編（第十二巻）の「ノート一」と「二」では、読点と句点が分けられているのですが、朔太郎のもとのノートを見ると、どちらも句読点の区別がなくて全部点だけなんです。たぶん読点と句点とをコンマとピリオドに模して使い分けるというのは、日本では意外と歴史が浅くて、明治以降に普及した書記法ですね。朔太郎のノートを見ても大正初めの段階では、全部、点しかない。これも朔太郎の苦闘の痕跡かもしれないのですが、いまの全集では勝手に、読点と句点を組み合わせる形で翻刻してしまっていて、これは問題ではないかと思っております。

では松浦会長からコメントを、どうぞよろしくお願いいたします。

松浦寿輝：どうもありがとうございました。いろいろな入り口がたくさんあって、出口もたくさんあるというようなお話だったと思います。比喩の問題から始まって、数とジェンダーの問題、「ている」についての指摘、そこから漢字かな交じり文、朗読の体験の話などは、日本の戦後詩の一エピソードを生彩豊かに語っていただいたようでとても楽しかったのですが、僕の関心から一言二言伺ってみたいのは、「ている」の問題です。これが本当におもしろいと思いました。

配布資料を見ても朔太郎は「てゐる」をたくさん使っているし、それから連用終止形の問題。「あらはれ、」「あらはれ。」「萌えそめ、」「ふるへ出し、」(「地面の底の病気の顔」『月に吠える』)。全部が連用形でどんどん続いていくことへのご指摘もありましたが、当然、文語詩篇である『氷島』に「ている」はないわけですよね。そうすると、そこの間の差異というのは何なのかなと思うんです。「ている」というのは現在進行形というふうに、ちらっとおっしゃいましたけれども、要するにそこにはある時間の幅、時間の持続みたいなものが内包されているということですよね。ある一度限りの出来事として、スパッと切断するように言うのではなくて、ある状態が続いている、あるいは反復されている、そういう状態を朔太郎は、「……していた」というような形でずっと書いていく。さらにそこから、これはまた文語から口語へという問題とも絡んでくると思いますが、ふとした拍子に「ている」と書かずに「てる」と書いてしまう。「蛙よ」という詩ですけれども、「青いすすきやよしの生えてる中で、」とある。次の行で「蛙《かへる》は白くふくらんでゐるやうだ、」とあるので、反復を避けるために前の行では「生えてる」としたのかな、というふうにも思ったのですが、ある状態、持続が内包されている。

それから、「あらはれ、」「あらはれ。」というのは、連用形にして全部言い切らずに中途で切断することで、そのあとにサスペンスみたいなものを醸し出している。行為や仕草を完結させずに宙ぶらりんの形にすることで、時間の持続みたいなものが現れてくる。そういうことかなという気がするんです。だとすると、この問題と蕪村についておっしゃった郷愁の問題というのは、おそらく関係しているのではないかなと僕は思います。つまり、郷愁という心の動きとは何かというと、過去に一度だけ起きた出来事というより、ある状態、昔の生活や昔馴染んでいた土地をめぐる、時間の幅のある状態、をめぐる思いですよね。そういうものに萩原朔太郎は、とても鋭く反応する詩人だったのではないのかなと思います。

蕪村にはいろいろな名句がありますが、だいたいいつも時間が内包されている。「凧《いかのぼり》きのふの空のありどころ」。これ、昨日から今日にかけての時間あるいは反復ですよね。それから「牡丹散りて打ちかさなりぬ二三片」というのも、一片だけ落ちたというのではなくて、二片、三片と次々に落ちてうち重なっていった。「ゆく春や重たき琵琶の抱心」とか、「春の海ひねもすのたりのたりかな」とか。蕪村の世界にはだいたいいつも時間の流れ、時間の持続があって、そういうものをなつかしむ気持ちがたゆたっている。朔太郎はそれを「郷愁」という言葉で呼んで、自分の気持ちと感応するのを楽しんだのではないのかなという気がします。

そうすると、まだ考えてみないといけない問題ですけれど、『氷島』詩篇の文語に至ると、もう言い切りの形になってしまって、「……したり」になっている。あの文語も怪しい文語で、朔太郎の文語的教養というのも少し疑わしいところがありますが、そういう持続する時間、あるなつかしい状態へと投げかける思いを抱く余裕が、彼の実生活から失われてしまったときに、「ている」、「……している」とか「……していた」という言葉で時間の持続のうちにたゆたう余裕もなくなってしまったのではないか。そのときに、あの文語の言い切りの形が現れたのではないのかなと、お話を伺いながら、そんなふうに感じました。そのあたりはいかがでしょうか。

藤井：はい、ありがとうございます。この『郷愁の詩人　与謝蕪村』の中では、「郷愁」という言葉も出てきますけれども、かたかな語で「ノスタルヂア」という言い方が何度もされていて、これはこの上州に対しても使う言葉ですが、なぜ蕪村について表現するのに特にノスタルジーなんでしょうか。外国語をきちんと調べておりませんけれども、ノスタルジーという言葉の中には、痛覚みたいな意味が入っているそうですね。ノストス（nostos ギリシャ語）の痛み、ということでしょうか。

全然別のものですが、淡路人形のことを論じたジェーンマリー・ローという方、ニューヨーク州イサカ市にあるコーネル大学の人類学の先生ですが、そのローさんが書いた、淡路人形、人形浄瑠璃を見るとなぜ心が傷んでくるのかという、ノスタルジーの問題を延々と論じている本があります。『神舞い人形――淡路人形伝統の生と死、そして再生』（二〇一二）という本で、齋藤智之さんという人が翻訳していて、出版社を通さないでそのまま自分を発行者にして頑張って出した。痛みを押して著述活動をやっていらっしゃる方でもあるんですが、そういうのを見ていると、やはりノスタルジーの世界の深さを感じます。

それから『氷島』のこともおっしゃってくださいましたが、『氷島』では、「たり」「したり」というように、「たり」という言葉が繰り返し出てきますよね。「たり」は、「た・あり」と言いましたけれども、「いまこうした状態で現前している」というのが「たり」です。氷島の中にはそれが出てきますが、『月に吠える』には出てこないんじゃないでしょうか。そういうことをどう広げていくか、その中でどう評価するかは、また次の課題かなと思います。

註（当日の配布プリントより）

『日本の詩はどこにあるか』の後に

（上略）

二　喪失の神学

近代は、詩を、いきなり深い喪失からはじめた。そこには、神が人類のさいしょに原罪をあたえたような、神のさいごの意志をよみとってもいいので、詩を近代の真の表現、すべてのものを切りすてることなく抒情し、全世界の根拠の神話として他のあらゆるジャンルの部分性をこえる表現にまで遂げさせるために、ぞんぶん非詩の苦悩をあじわわせるかのように、近代詩史のはなに、いきなり喪失を課し、回復への途のりを気の遠のくほどかなたへと押しやったのだ。そればかりか、口語自由詩という絶望の詩型を、追いかけるようにして課し加えられ、それこそ試煉であるにもかかわらず、多くの詩家は神の意志を真にうかがい知ることなく、無韻律無感動の行分け散文をもって詩と錯覚した。しかし、そうすることによって、かれらは試煉にやぶれ、神の篩にかけられたのである。試煉であることを、みずから深くきずつくことで知っていたのは萩原朔太郎であった。

朔太郎は若い日に短歌を造り歌っているけれども、だからといって鉄幹・啄木・白秋・迢空……の列にはいるわけではない。が、しかし朔太郎は、口語自由詩に安住する同時代の詩家のオプティミズムから、ほど遠いところにいた。オプティミズムから遠く、詩の未来のうれえを、古代和歌から近世俳句にまで探索することでかたちにしようとした。詩と短歌と、両ジャンルにたわむれ深入りするのでなく、詩の未来を賭けて別途をとざしているだけ悲劇性を帯び、きずつかないわけにゆかない。オプティミズム批判として、鉄幹・啄木・白秋・迢空……の実感と朔太郎と、同一である。朔太郎に徹底された同一を見るのだ。『詩の原理』(昭和三年)に大正口語自由詩の悲願を書きおろして評論し、すぐひきつづいて『恋愛名歌集』(昭和六年)書きおろし、さらに『郷愁の詩人　与謝蕪村』の連載(個人雑誌『生理』昭和八年〜十年)。まさにたてつづけて詩と和歌と俳句(――朔太郎のいう)、三ジャンルをかけぬけているではないか。

明白に言つて、吾人は歌の形式に不足であり、どこかに時代思潮との避けがたいギャップを感ずる。来るべき未来の詩壇は、当然過去の歌を破壊し、別の新しい韻文形式を造るだらう。（それ故にこそ、著者の如きも、今日歌を作らないで、未来詩型への建設的捨石たる自由詩等を、自ら意識して書いてるわけだ。）

（『恋愛名歌集』序言）

……元来「詩」といふものは、和歌も俳句も新体詩も、すべて皆ポエジイの本質に於て同じであるから、一方の詩人は必ず一方の詩を理解し得べき筈であり、原則的には「専門」といふことは無い筈である。

（『郷愁の詩人与謝蕪村』序）

芸術としての詩が、すべての歴史的発展の最後に於て、究極するところのイデアは、所詮ポエジイの最も単純なる原質的実体、即ち詩的情熱の素朴純粋なる詠嘆に存するのである。（この意味に於て、著者は日本の和歌や俳句を、近代詩のイデアする未来的形態だと考へて居る。）

（『氷島』自序、昭和九年）

詩語としての『氷島』の美しさをうたがうべくもない。〈うた〉の激闘が燃えつきようとする美しさに、感動をさそわれないものはいないのだ。『氷島』一回きりの美しさの果てに、最晩年の散文詩集のようなものを出したりしている精神衰弱な朔太郎を、わたくしならわたくしの未来衰弱を見せつけられるようで好きでない、とは個人《わたくし》ばかりの感想でしかないのか。

釋迢空の「詩語としての日本語」(昭和二十五年、『折口信夫全集』第十九巻)は、朔太郎の詩論によみくらべてゆくとき、詩の未来を深くうれえる姿勢において同一のものを見る。詩の未来のために苦悩する現在を深めるしかない、という姿勢を朔太郎と迢空と、両者に共通して見ることができる。肯定できない現在を、未来のために肯定せざるをえないという自己分裂。

現代詩のいま、朔太郎・迢空を想うわたくしどもの未明の時間が、あけやらず続いている。なぜ短歌でなくて、詩のかたちをえらぶのか、という問題は容易ならない。朔太郎が、「時代思潮とのギャップ」と述べたこと、これを嚙みくだいてゆくしかない。主題としての近代、それの表現の困難が、現代詩の方向にさだめられている、ということなのだろう。だれがさだめたのか、という議論は、おそらく、だれかの(神のような存在の)意志が現代詩の方向へ近代の苦悩を命じている、という一種の神学にゆきつくことになる。不遜なまでの使命にささえられて、詩は最良の富としての〈うた〉を奪還するための旅へ、何度も何度も遠出をくりかえす。

（下略）

藤井貞和『日本の詩はどこにあるか』（一九八二、砂子屋書房）

漢字かな交じり文、神経心理学、近代詩

（本論文の要旨）

近代詩を始めとして、日本語は漢字かな交じり文の表記に腐心してきた。失読症の研究から、漢字の出所と〈かな〉の出所とが異なると知られる。意味語は漢字で書くことができ、機能語は絶対的に〈かな〉で表記する。漢字かな交じり文は、漢字と〈かな〉とが居所を別にすることをもって、言語が意味と機能との連繫であることを教える。日本語から知られるそのことは世界の諸言語についても言えるだろう。

1　漢字かな交じり文と近代詩

山口佳紀氏に拠れば（「国語史から見た説話文献」『説話とは何か』説話の講座・1、1991）、説話

文献の表記様式は四種からなる。

1 漢文・変体漢文（日本霊異記、日本感霊録ほか）

2 漢字片カナ交じり文（観智院本『三宝絵』、今昔物語集ほか）

3 変体漢文を主とする漢字片カナ交じり文または漢字ひらかな交じり文（江談抄、古事談ほか）

4 ひらがな文または漢字ひらがな交じり文（古本説話集、宇治拾遺物語ほか）

というように、漢字で書く延長上において、漢字かな交じり文は広く説話文学を覆って、物語文学がほぼひらがな文であるのと、表記世界を二分する。

『万葉集』以来、日本語の表記は一三〇〇年、漢字かな交じり文であり続ける。

妹之家毛　継而見麻思乎　山跡有　大嶋嶺尓　家母有猿尾　巻二、九一歌

（妹之《いもが》家も　継ぎ而《て》見ましを、山跡《やまと》有《な》る、大嶋〔ノ〕嶺《ね》に、家も　有らましを）

「妹、家、山跡、大嶋、嶺」が名詞で漢字。「之」は漢文の助字で日本語の格助辞「が」に相当する。「毛」はあとの「母」とともに「も」(係助辞)の万葉がなで、上代特殊かな遣いの「も」(甲類)か「モ」(乙類)か、区別が万葉では見られないので、ひらがなにしておく(乙類ならば片カナで書きたい)。「継」は動詞で漢字。現代では「継ぎ」と書いて、語幹が漢字、活用語尾はかなになる。「而」は漢文の助字で、日本語の「て」に相当する。「見」は動詞で漢字、「まし」(助動辞)が万葉がな。「を」の原字「乎」は推古層から見える古い万葉がな。「有」は助辞の「に」がはいりこんだ動詞「なる」で、「る」を現代ふうに書き添えておいた。〔ノ〕は読み添え、「に」が「も」とともに万葉がな。「有」は動詞。「ましを」(原文「猿尾」)は戯訓というか、万葉がなの一種をなす。

漢字、かな、漢字、かな……と、交互に場所を棲みわけて(漢文の助字を「かな」に含める)、みごとに漢字かな交じり文である。万葉びとの発明と言いたいところだが、朝鮮半島の新羅《しらぎ》郷《ひゃん》歌《が》での創始らしく、いずれにしろ中国古代の漢字文化を東アジアの諸国(日本、韓国……)が苦心して咀嚼した成果としてある。

中国古代の言語は漢文化で見ると漢字語で孤立語であり、古日本語や新羅語は膠着語という、性格を異にする言語でありながら、優勢な漢文化を摂取して自文化を形成途中の周辺諸国が、おのおの自国語の表記体系を創発する。

万葉がなは確実なところ、九世紀にはいり、ひらがな、そして片カナへと移行する。けっして間違ってほしくないこととして、「崩れた」のでなく、新たに誕生したひらがな、片カナとしてある。「くずし字」などと言って、もとの漢字を探り当てる教育は百害あるのみだろう。もとの漢字を忘れ去って新しい表音文字が誕生したので、そのこと以外にかなの成立に関して言うべきことは特にない。あえて言う、ローマ字などとともに表音文字を成立させた日本語の知恵を誇ってよいだろう。『万葉集』が決めてきた漢字かな交じり文のなかの、かな部分をひらがな及び片カナにすることによって、真の漢字かな交じり文がやってきた。以来、一二〇〇年を使用し続けてこんにちに至る。

中世には和漢混淆文などとも言われ、近世でも草子類の多くや、読本、地方《じかた》文書、書簡類など、漢字かな交じり文で書かれる。近、現代では物語文学(例えば『源氏物語』)が、教科書を始めとして漢字かな交じり文として書き直されるようになっており、そのことをだれも疑わず、ほぼ困りもしない。そして、新聞、雑誌、小説、詩と、絶対多数は漢字かな交じり文を駆使して書く。

寺子屋など教育機関の発達は、漢文素読のためでなければ読み書きのためで、こんにちになお続くと称してあやまりない。表語／表意文字(漢字)と表音文字(かな)との組み合わせは、かながほとんどだったり、漢文ふうに書くということも、日本語では自由だったいっぽうで、漢字かな交じり文という表記が一般で、子供たちに練習させて、だれもが漢字かな交じり文を書くようになる。脳内の言語能力の部分が日本語ネイティヴでは、漢字かな交じり文を書くことによって形成される。時間をかけた教育によって、頭脳が言語能力としてそうできあがってしまえば、日本語そのものがそのような表記ぬきでは考えられない。日本語ネイティヴの子供たちは教育期間を通して漢字かな交じり文を言語体験とする練習をかさね、脳内にしっかりと日本語の基幹が形成される。読む場合も同断である。

文学でありつつ〝美〟を要する詩にあっては、漢字とかなとの配置の美しさが求められよう。

地上

地上にありて
愛するものの伸長する日なり。
かの深空にあるも
しづかに解けてなごみ
燐光は樹上にかすかなり。

（萩原朔太郎「愛憐詩篇」より）

いま遥かなる傾斜にもたれ
愛物どもの上にしも
わが輝やく手を伸べなんとす
うち見れば低き地上につらなり
はてしなく耕地ぞひるがへる。
そこはかと愛するものは伸長し
ばんぶつは一所《いっしょ》にあつまりて
わが指さすところを凝視せり。
あはれかかる日のありさまをも
太陽は高き真空にありておだやかに観望す。

日本語ネイティヴにとって、何一つ疑問のないこととして、一行め「地上」(漢字)と書き出すと、ついで、かなの「に」(助辞)がやってくる。「ありて」は万葉びとならば「有而」「在弖」などと書くかもしれない。「あり」は書こうと思えば漢字で書き、「て」はかならず、かなで書く(「而」は漢文の助字で「かな」に相当し、「弖」は万葉がな)。漢字、かなが交互に出てくる。

二行めの「愛する」は漢字プラスかなの動詞で、「愛す」「愛し」「愛せよ」となるように、かな部分は活用語尾とわかる。「もの」は無理に漢字に宛ててもよいが、現代にほぼ、かなとする。「の」は格助辞。「伸長する」は漢字プラスかなを組み合わせた動詞。名詞、助動辞からなる「日なり」は名詞が漢字に馴染み、助動辞は一般にかな表記とする。

漢字とかなとをどう配置するかは詩人の絶対的な領界であり、だれも介入することができない。しかも、漢字かな交じり文として、多くの詩人が日本語ネイティヴのおおよその感触に従う。行分け詩の行頭に注意する読者もいて、「地、愛、か、し、燐、い……」と、漢字が二字ほど続くと次にかながくる、といった配慮をここに読み込むこともする。「しづかに、かすかなり、ひるがへる」などをかなにするさまは現代詩人に共感するひとが多いだろう。かと思えば、「ばんぶつは一所《いつしよ》にあつまりて」を、「万物」と書くのでなく「ばんぶつ」と書くところに詩人のつよい思い入れがあり、「一所《いつしよ》」も必要なルビとしてある。ここいらも現代での共感を得やすいのではないか。朔太郎の感性は後代を先取りしているのか、後代が朔太郎以後、停滞したままということか。

漢字かな交じり文が日本語表記の条件であるとは、世界の諸言語にとって希有であるとともに、どのようにそれらを書くか、書き手の自由に委ねられるということもまた大きな特徴のはずで、漢字をまだあまりよく書けない幼少時にはかなを多用して書くし、漢字で書くことが面倒な場合にも、かなで書いて平気だ。

あとで無理難題を吹っかけたい。日本語をローマ字ならローマ字で書くことができる。それならば、英語なり、フランス語なりを、漢字かな交じり文で書くことはできない相談だろうか。朔太郎は詩を、島国のものでなく、世界文学であり、外国と軌道をあわせ、そのために文明の線路を換えることだ、などと主張する（『詩の原理』結論）。表記体系をどうしようか。フランス語や英語の上に漢字やかなをふわっと被せるようなことは、やはり無理難題に属するのだろうか。屈折語と膠着語との差異に帰してしまってよいのだろうか。

漢字は表語／表意体系の文字、かなは表音的な文字であり、日本語の詩はたしかに発生以来、音声言語にねざしてきたものの、表音的にもまた漢字かな交じり文としても書くことを試み、文字を通して伝えることに愉しみを見いだしていった。（算用数字はほぼ純粋な表意文字。）

2 神経心理学から見た〈朗読〉から表記へ

こんにちに活躍する書き手たちには想像しにくいことかもしれないが、一九六〇年代、七〇年代の書き手にとって、〈朗読〉は考えられないことだった。むろん、ビート系の詩人たちや、あるいは吉増剛造さんらは早くから朗読を試みていた。ごく平均的に言うのだが、〈朗読〉は忌避されていたように思う。詩は白熱電灯のもとでうんうん唸りながら書くといったイメージがあったのではないか。裏返せば、何か、どこか、劣等感のようにではないが、すらすらと書けることへの憧れはあっても、音読を含めて朗読することに対しては、そうしない在り方に詩の〈現代〉性を見ようとしていたのでは、と思われる。

坪井秀人『声の祝祭——日本近代詩と戦争』(名古屋大学出版会、1997)は、戦時下の現代詩、言い換えれば戦争詩の絶対多数が〈朗読〉詩にほかならなかったと、きわめて説得的に問題の本質およびその近辺について、発掘して見せた。われわれの(〈朗読〉への)忌避感情の在りかを坪井さんの研究は突き止めてくれたというほかない。しかし、一九八〇年代にあって、われわれの忌避感情は、氏の研究にふれる遥かまえだったこともあり、依然として、なぜかをよく自分に説明できないままに〈朗読〉から身を引かせていた。

映像作家でもあり、現代詩の先端を走っていた鈴木志郎康さんから、「ねえ、われわれも朗読ということをやってみないか」という提案が持ち込まれたのはそのころ、一九八〇年代のなかばだった。恥ずかしいから沖縄でやろうと、私かもしれないだれかが返答して(沖縄差別だろうか)、イベント施設の沖縄ジァンジァンを借りてそれは行われた。差別ではけっしてなくとも、沖縄への特別な感情と、その〈朗読〉することとが、わだかまりながら一つになっていたとは言えると思う。それよりも、特筆すべきは、沖縄の詩人たちが、沖縄社会のなかでだいじな存在として遇され、先端を突っ走り世論を動員する文化人たちだったということがある。詩が古代から現代までを貫いて生きる沖縄。そこへ本土から積極的にでかけてゆくことの大切さ。沖縄の詩人たちとの交流がここから始まったことを誇らしく記しておいてよいと思う。

詩を書くことに平行して声としての詩がある、つまり〈朗読〉ということを知るとは、ういういしい発見だったといまに言いたい。沖縄では吉増さんに〈朗読〉の指南を仰いだ。のちには〈朗読〉の名人となるねじめ正一にとって、初舞台だった。熊本から参加したのはだれか、やはりのちに〈朗読〉で気を吐く伊藤比呂美である。その他、伊藤聚さん、阿部岩夫さんら、張り切っていた。こう言ってよければ(極端な言い方ながら)、日本社会が戦争詩という無意識から解放される瞬間瞬間であり、書くことのまえに声があるとは、書くことの意義そのものに新たに出会うことでもあり、詩が文化の先端で機能するさまを沖縄の詩人たちから見せつけられて、現代詩の沖縄への感謝はとてつもなく大きい。

繰り返すと、日本語のもっとも特徴的なことは、何だろうか。それは表記してある文学、書く文学だと言うことだった。朗読はごく普通のことのように見えて、繰り返して言うと、一九六〇年代、一九七〇年代に、朗読なんて考えられなかった。坪井さんのおしごとを見ていると、朗読ということが戦時下に「流行」した、その反動で朗読を考えられなくなったのかと、思えなくもない。

ここから漢字かな交じり文問題にもどりたい。日本語で書くということは、述べてきたように漢字かな交じり文で書くことをする。漢字とかなとの相違を考える上で、ヒントになることはないのだろうか。神経心理学 neuropsychology の領域で、脳内の漢字が出てくるところと、かなが出てくるところとが相違する、という興味深い話題を聴いたことがある。「漢字と仮名」の問題は、日本語の失語症研究が世界的に有名になった例だといわれるようで(酒井邦嘉『言語の脳科学――脳はどのようにことばを生みだすか』中公新書、2002)、さもありなんと思われる。ネットには臨床的に漢字とかなとの相違に迫る論考が見られ(水田秀子など)、この方面での今後はまだまだ期待される。

私が教科書のようにしがみついたのは岩田誠『脳とことば――言語の神経機構』(共立出版、1996)である。第7章「文法の障害と語義の障害」をへて、第8章「読み書きの障害」が詳しい。拝読すると、脳内から漢字が出てくるところと、かなが出てくるところとを別にするというか、私の思うところへ引きつけ過ぎるとの意見があらば甘受するものの、意味語と機能語との差異が脳内で取り扱う場所を異にするということではないか。岩田論著はまことに衝撃的だった。同じ左脳の、漢字はどこ、かなはどこ、ちがう箇所から出てくる。連合主義によって言語の文法的統合が行われるとすると、どちらかの損傷によって、漢字の失読症か、かなの失読症が生じる。

N・ゲシュヴィントによれば、文字の視角記憶痕跡は後頭葉の視角領域Vに、語の聴覚記憶痕跡はウェルニッケ領域、あるいはその近傍Aに、書字動作の運動感覚記憶痕跡は頭頂葉の感覚領域Sに、それぞれ蓄えられていると考えられた。(左脳の)左角回は(文字の視覚的記憶痕跡の座そのものでなく)異種感覚記憶痕跡間の連合を営む領域であるという。ちなみに私は典型的な左利きで、この左角回が「遅い」ように思われる〈それはさて置き〉。

一九七五年、山鳥重氏の研究で、左角回病変によって、かなで書かれた語の読みは侵されても、漢字で書かれた語の読みはよく保たれるということがあった。また、岩田の研究によって漢字の書字障害や漢字だけの失読も確認されることとなり、漢字とは何か、日本語の表記障害をゲシュヴィントの仮説では説明できなくなる事態に至った。

以下、岩田『上手な脳の使いかた』(岩波ジュニア新書、2016)の易しい(優しい)記事によって復唱すると、読むときの脳は、かなの場合、後頭葉外側部がはたらき、漢字の場合は側頭葉後下部がはたらく。目にはいった文字情報はかなも漢字もまず視角野にはいる。その情報が、かなならば後頭葉外側部へ、漢字ならば側頭葉後下部へそれぞれ送られ、さらにどちらもウェルニッケ領域にはいる。かなと漢字とはそれぞれ、別のルートで読まれているのだという。

書くときには、かなの場合、ウェルニッケ領域から文字情報を出し、角回に送り、さらに体性感覚野に送られて手や指を動かす指令を出す。一方、漢字の場合は複雑で、ウェルニッケ領域→側頭葉後下部→視覚野→角回→体性感覚野となるのだという。これを読み書きの二重神経回路仮説という（『脳とことば』第8章）。

以上から、漢字（表語／表意文字）とは何か、かな（表音文字）とは何かという、疑問点に踏みこんでゆくことになるが、それとともに、日本語の表記という漢字かな交じり文だからわかりやすかったにしろ、言語という点で変わりないはずの、たとえば欧米語のアルファベットでの読み書きだとどうなのか、神経心理学でも未解決の課題が横たわると思う。日本語からは大きなヒントであり続けても、人類史上の音声言語から表記言語へという流れのなかに位置づけられるのでなければ、依然として日本語特殊説（比類ない言語だとか、よい加減な言語だとか言われる毀誉褒貶）に終わることになりかねない。

3 意味語と機能語との組み合わせ

フランス語や英語を「漢字かな交じり文で書く」という試みを提案したい。世界文学の一環として、フランス語や英語のネイティヴに、欧米語を漢字かな交じり文で書いてもらう。そりゃ無理だよ、と一蹴すべき提案ながら、なかには興味ある提案だとあえて思ったり、フランス語の表記をじっと見ているうちに、なんとなく漢字がぼんやり浮かんできたり、かなが沈んでみえたり、そんな場合があるかもしれない。ジャック・デリダ氏なんかには生前に提案してみたかった……。

世界の諸言語の何割かは表音文字言語で、言語学の研究には屈折語によるのが多くて、日本語もそれの類推で研究し、調査されるのが一般だ。しかし、漢字かな交じり文という日本語のそういう在り方から立ち上げられて普遍化される言語学があってもよいのではないか(いわゆる国語学が期待される)。フランス語や英語のネイティヴが、漢字かな交じり文を評価してくれればお相子ということになる。フランス語や英語の上に漢字やかなをふわっと被せるというようなことは無理難題かな。

漢字の実態は、名詞や動詞、形容詞などに漢字が発現することで知られる通り、〝意味を持〃ち、日本語でいえば自立語の位置にある。それらを〈意味語〉としよう。むろん、かなで書くことはできるし、意味語かもしれないのに「かな」しかない語も往々にあることながら、多くは漢字で書かれ、あるいは漢字で書こうと思えば書ける。意味の類語性が豊富に広がり、類語辞典などを成立させる。意味語とはその謂いにほかならない。

赤ちゃんは〈単語〉を模索して、母親が話しかける「おっぱいほしい?」から、「おっぱ」でもなく「おっぱいほ」でもなく「おっぱい」を取り出す(岩田『上手な脳の使いかた』)。〈単語〉の成立がそこにあり、無限にひろがりながら子供は成長する。「おっぱい」を意味する〈単語〉は、いくらも増えて、漢字語もあれば(乳房とか)、外国語などにも広がるだろう。この〈単語〉こそは意味語にほかならない。脳内には人名をストックする場所があるという。人名(単語)だけ貯蔵しておけば、そのひとをめぐり無限に近い情報が引き出されることはだれもが経験済みである。意味ということ、意味語のありようとはそういう豊富さにほかならない。

それと交互に出てくる、〈かな〉はというと、意味を持たず、〈機能語〉で、ただ意味語に附属して働きだけがある(付属語、非自立語とも言われる)。助動辞、助辞、それに活用語の語尾がほぼ絶対的にかなで書かれる。

古典語は私としていくらも論じてきたので、現代語を顧みることにする。

助動辞（助動詞）

う、ごとき、させる、ざる、しめる、せる、そうだ・そうです、た・だ、だ、たい、たる、です、ない、なる、ぬ・ん、ふうだ・ふうです、べし、まい、ます、みたいだ・みたいです、よう、ようだ・ようです、らしい、られる、る、れる、ん・む

助辞（助詞）

い、え、か、が、かしら、から、きり、くせに、くらい・ぐらい、け、けれども・けれど・けど・けども、こそ、こと、こととて、さ、さえ、し、しか、しも、ずつ、すら、ぜ、ぞ、だけ、たって・だって、だって、だの、たら・ったら、たり・だり、つつ、って、て・で、で、てば・ってば、ても・でも、でも、と、とか、ところが、どころか、ところで、とて、とも、ども、な、ながら、など・なぞ・なんぞ・なんか、なり、なんて、に、ね・ねえ、の、ので、のに、のみ、は、ば、ばかり、ばこそ、へ、ほど、まで、も、もの、ものか・もんか、ものでもんで、ものなら、ものの、ものを、や、やら、よ、より、わ、を

（国立国語研究所『現代語の助詞・助動詞――用法と実例――』1951より）

助動辞について、悲しいぐらいみごとに、いわゆる古典語が消滅し、〈近代語〉に取って代わる。機能をあらわすとは、互いに置き換え不可能な〈働き〉をあらわすので、かな書きがふさわしいということだろう。助辞とともにすべて、かなで書かれる。

〈近代語〉は十四世紀代に進行し、室町時代以後の現代に至るまでの六〇〇年を形成し続ける。混乱はないと思うが、日本言語(=国語)史上には「近代語」と称し、文学史では明治文学(十九世紀後半)以後を近代文学とか、「近代とは何か」とか問題にするので、二つの「近代」を国語史と国文学史とで分け合うこととなる。一見、数百年のずれがあるようなものの、その数百年をかけて「近代」し成熟するので、困ることでなく必要な「ずれ」だと再認識したい。

それにしても、繰り返すと、助動辞の古典語からの消滅は凄惨さをきわめるというか、「ぬ、つ、たり、り、けむ、き、けり」といった時制関係の語がすべて失われ、それどころか〈過去〉と〈完了〉とが区別をなくす(現代語では「た」「たろう」のみになる)。「なり、らむ、なり〈伝聞〉、めり」も消滅し、「む、ず、らし、たり、ごとし」などが変形しつつ残存するか、助辞のなかに潜り込む。まさに日本戦国時代は人的殺戮にとどまらず、古典語の大虐殺が行われたと称して過言ではない。

助動辞の起源は多く自立語(動詞)にあり、転落して機能をむき出しにすると機能語に転成するのだろう。敬意などの機能をあらわそうとして機能語になり切れないと、補助動詞などの中間形態となるもようである。

助辞がそれに反して、やはり変化を蒙ることは自然ながら、おおむね古代以来の格助辞以下、終助辞、間投助辞など、よくのこされてきたことは注意点で、副助辞、係助辞にしろ、あるいは接続助辞にしろ、付加や加上や新奇参入はあってもなかなか減少するように見えない。助辞は生まれると数千年、使い続けられて、なお滅びることを知らない。係助辞の「は」(差異)や「も」(同化)は活躍し続け、「こそ、なむ(「なう、のう、の」となって生きる)」及び「か」(疑問、詠嘆)は係り結びを失いつつ生き伸び、「や」は地方語にのこり、「ぞ」も使われる。助辞が最初から機能のあらわしのために生まれて使い続けられることはわかるような気がする。表記をすべてかなに負うこともよくわかると思う。

活用語尾

(つ)か、き、く、け、こ、こう、け(下二段)、ける(同)、けろ・けよ(同)

「つく(付〈=附〉く、着く、就く、憑く、点く)」を取り上げてみよう。いろいろ漢字を当ててみると、「つく」じたいは意味語で、語幹の「つ」の部位に書き手の思い入れや趣向や教養の程度で漢字が嵌められる。語用論は私の不得意領域なので、意味語だという程度でスルーさせていただき、ここではかな書きが活用語尾部分に出てくることを確認したい。活用語尾は機能語(助動辞、助辞)を下接するための機能を有するので、自体、機能語と称してよい。

なお(ついでに)、古い用法かと思われるのに、複合動詞の一部で、「つけ上がる」「つけ入る」というような、受身なのだろうが、「つけで払う」「(勘定を)つけといて」というようなのもそれかもしれず、日本語の中動態の辞例かと思う。以前に『季刊 iichiko』の何号かで(註:二〇〇七年秋96号「源氏物語のホスピタリティへ」)、山本(哲士)さんとの対談のなかで、「もてなし」「もてはやす」「もてあつかう」などのなかに「もて」という、不気味な下二段動詞のあることを指摘した。あれは何だったのか。「もてる(男)」という言い切りも含めて、中動態の一種なのだろう。動詞になぜ四段のほかに下二段があるのだろうか。古語にも「たてまつる〜たてまつれ」や「いけ」(「いけす」「いけにへ」の「いけ」)など、古代文明や民俗文化の在り方にかかわる下二段は要注意である。

4 意味語と機能語、続き

原則として機能一つに機能語一つという出現で、かな書きとして書かれる。置き換え不能の貴重さというべきか、古語の助動辞で言うと、「き」(過去)は「き」しかない。「けり」(過去からの存続、未完了過去)は「けり」しかない。過去をあらわすのに「き」しかなく、未完了過去は「けり」しかない。未完了過去を半過去(フランス語)とも言う。「過去」とか「未完了過去」とか「半過去」とは意味だろうか。意味ではない。過去とか、過去からの存続とかいった働きに対して名づけたまでであり、名づければそういう意味を持つという「言い方」はできるにしても、あくまではたらく機能をあらわす。意味語を〈単語〉というならば、機能語は単語でない。前-単語というべきか。

壁に設置してあるスイッチは点灯か消灯かという働きを持つ。ONを押せば点灯、OFFを押せば消灯、あるいは二度押して消灯する。「点灯」とか「消灯」とか、それらの機能に対して名づけるのは勝手で、そのような働き、機能はわれわれの日常にくまなく張り巡らされており、名づけによって働きを明示する。意味語たちの広がりを言語とするならば、機能たちはその下働きをするので、言語以前のものかもしれれず、いや、意味語を支える機能語たちこそが本気で言語であり、意味語たちは下支えする言語の上にぷかぷか浮かぶ意味の一大集積なのかもしれない。

意味語と機能語と、言語が意味と機能という別個の回路を有することは、たまたま日本語から見せてくれるとすると、日本語以外でも言えることではないか。とともに、漢字かな交じり文以前の話しことばにおいてそれらが成長したということも、世界の諸言語において言えることになる。真には表層の意味語が深層の機能語によって下支えされる関係であり、たまたま日本語が意味語と機能語との居場所を別にすることによって見ることのできた区別に過ぎない。〈表層と深層〉という差異に意味語と機能語とは対応しそうに思える。

それらを西洋語にあてはめるならば、まず〈冠詞、助動詞、前置詞〉が〈かな〉に相当し、その他の意味語が〈漢字〉になる、ということではなかろうか。助動詞 have は、なぜ have（保つ）という単語を利用するのか知らないが、「保つ」という意味を失って助動辞としての機能にのみ生きる。

前置詞で見ると、意味語か機能語か、その判断は多分に日本語の助辞（助詞）が機能語であることを応用して言うのだが、意味を持たず機能をのみ有する。なるほど、辞書には「～の上に」などと〈意味〉が書かれているにしろ、〈機能〉を説明すると「～の上に」になるということであって、on じたいに「～の上に」という〈意味〉があるわけではない。机の下であろうと、裏板に貼りついているならば on でよく（on ＝接触をあらわす）、つくえの下の空間に浮かんでいるならば、on でなく必要な前置詞は under となる。日本語の助辞を「後置辞」とすれば、言い方も

「前置辞」とするのが正解値だろう。以下、前置辞とし、英語やフランス語の助動詞も助動辞とする。冠辞という言い方は古くからある。

その上で、屈折的な動詞のある部分や感嘆詞などがボーダーラインにならぶ。

漢字、かなの出どころや回路が、それぞれ相違するということは、医療関係者らにとり、患者や解剖によって確かめられることかもしれないにしても、それが意味と機能との差異に相当するかもしれないとは、言語学（日本語の場合の国語学）ないし哲学としての言語の考察によって主導すべきことではなかろうか。

日本語の活用語尾は語形変化して助動辞や助辞とのあいだをつなぎ、ある点からすると意味語と機能語とのあいだにあるといえるかもしれない。かなで書かれるところのものであって、屈折語でいえば不規則動詞内に潜む。

意味語と機能語とのあいだということでは、自立しえないが非自立語でもないという、一群の補助動詞や補助形容詞があって、敬意や丁寧さや会話内での待遇関係を担うということがある。接尾語や接頭語あるいは接辞のたぐいはどうしようか。例えば「だれだれさん」の「さん」〈接尾語〉は絶対的にかなで書く。接辞の全域はボーダーラインにあると見たい。

ややこしくなってきたので中仕切りの意味でまとめておく。

書くことが言語能力を開発する。日本語ネイティヴは漢字かな交じり文を開発される。教育の成果でもある。幼少から数年掛けて、脳内が開発される。神経文字学に拠ると（岩田『脳とことば』第8章）、分化を産み出す生物学的基盤というべき、コミュケーションの機序は、二つの革命的な出来事にわけられた。

すなわち、人類約五万年と見て、巨大な高次連合野の〈第一の飛躍〉によって、内部メモリーを拡張させ、話しことばを獲得したヒトは、情報量を増大させる。ついで、五五〇〇年ほど前か、〈第二の飛躍〉によって、時間と空間の壁を飛び越える自由なコミュニケーションの能力を獲得する。

私の推察すべきこととしては、意味語と機能語という差異を、文字以前のかなた、約五万年かもしれない第一の話しことばのなかに用意してきたということだ。第二の、文字の使用に至って、それらの二種が分立するようになり、書記言語を成立させてきたおおもとに、音を言語とする話しことばのうちなる文法的成熟が、たまたま日本語にあって漢字かな交じり文として現前したということである。

だから、漢字かな交じり文の問題は世界の諸語にあっても、どこまで言えるかは別として、意味語と機能語との二元的な在り方として考察することが、提案としてはありえてよいのではないか。かくして、冠辞や前置辞、そして助動辞などが、印欧語にあってマークトになるのではないか。

話しことばとは、むろん、文字以前における音声言語であり、諸言語のなかには文字をもつことなく音声言語をいまに生き続ける。欧米語にあって、朗読ぬきには言語を考えられない表音であることは言うまでもない。

日本語にあって、朗読から表記の文学へと、われわれが沖縄ジァンジァン以来、たどり進めようとしてきた努力はまさにそこにあった。戦時下の朗読のために、戦後にあって朗読を拒否し、ひたすら書くことに明け暮れた現代詩の在り方は、一九六〇～七〇年代を彩る生存の条件だった。志郎康さんが朗読を「ぼくらもやってみよう」と言い出したのは、ご自身の映像作家としての在り方からの提案としてよくわかる。

いま、音読することから書記の詩へ、という動向は、始原の時代からの第二の飛躍のようにして言語の新たな生が紡ぎ出されるとき、ところを再演している、と言えるのではないか。

5 主格言語、述語制、〈周布〉

日本語は主格／所有格言語として、韓国語とともに格助辞を独自に持つことをだいじな特徴とする。欧米語が、主格を有する言語、また所有格を有する言語であるとは言われる通りであるものの、語のある位置的な関係、また英語でいえば「's」や「my/their」などの語によってそれらをあらわすので、格助辞のような語が独自にあるわけではない。それに対して、日本語は、

名詞など＋格助辞「の、が」＝主格

意味語と機能語との関係にあり、漢字とかなとの組み合わせからなる。

名詞など＋格助辞「の、が」＝所有格

と、まったくおなじかたちになるので、あわせて日本語を主格／所有格言語と名づける理由である。アイヌ語を応用して考察するならば、現代語の「〜の」という所有格は「〜が持つ」に等しい、つまり所有は「主体が持つ」と考えて「の、が」を共有する基本を説明することが可能となる。

古文では「が」に親愛や身内性、場合によって卑小さや軽侮が感じられ、「の」からは身内ならぬソトの関係、場合によって畏怖を感じさせられると、よく知られるところだが、その理由はよくわからないながら、「が」と「の」とが二つあることには遠い理由にねざしているのかもしれない。

古典の『源氏物語』に見ると、「が」はあるにしろ、きわめて僅少で、そのなかに「〜の〜が」

と、いわゆる〈同格〉といわれるのは、

乳母にて侍る者〈の〉、この五月のころほひより重くわづらひ侍りし〈が〉、頭剃りて忌むこと受けなどして、……

（「夕顔」巻、岩波文庫一、310頁）

〔乳母でございます者が、この五月ごろより重態でありましたのが、頭を剃って戒を受けなどして、……〕

という一例に見ると、「乳母にて侍る者〈の〉」と「この五月のころほひより重くわづらひ侍りし〈が〉」との、概念の二重過程が見られる。二つの主格からなり、これが崩れて近代語になり、接続助辞「が」を成立させるらしい（藤井『文法的詩学その動態』笠間書院〈2015〉にシャルル・アグノエル論文〈「文語における助詞「が」のはたらきについて」1964〉を引いて論じたところ）。『源氏物語』などの古文には確実な接続助辞の「が」をまだ見ることがなく（文法書などには平安時代から「が」〈接続助辞〉があるように書かれる）、〈同格〉というのは訳文のための便宜でしかない（「〜で」という気味のわるい訳語を学習中の高校生などは押しつけられる）。

「日本語に主語（という語）は要らない」といわれるのは、主格の「が」が寥々たるさまであることにかかわりあろう。ただし、「〜はが」とか「〜がは」とか、係助辞の「は」に「が」をくっつけて並べることができない。係助辞は強者である。「は」の強度によって、そこに「が」があったとしても「は」に押しのけられてしまうからのようで、隠れた「が」はあるかもしれない。

対して、日本語が述語制の言語であるとは、〈意味語＋機能語〉のかたまりが一種の意味語的性格をとり、〈〈意味語＋機能語〉＋機能語〉というようにいわゆる入れ子型構造となって、いくらでも続くものの、文末の機能語は省略できないので、日本語は古典でも現代語でも述語制の言語となる。いわば述語のうちに主格が埋没するような状態で日本語文は成り立つ。

漢字とかなとを意味語と機能語とに配分することは、数学で言えば数IIというか、微分かもしれない。表層への深層からの下支えというのは欧米語でいえば生成文法であり、構造主義批判の緒になる。もう最終ステージの〈周布〉に向かおう。

佐久間鼎は哲学科出身の心理学徒だった。西田幾多郎の教示のもとに、W・ジェイムスの心理学書の翻訳があったし、いわゆるゲシュタルトを日本社会へもたらした功績は、あまりにも大きい（藤井『文法的詩学』笠間書院、2012）。言語学へ興味を移してからは、「これ、それ、あれ、どれ」（＝コソアド体系）や形式名詞（＝吸着語）にかかわる鋭利な考察、そして世間がシンタクスに冷淡であったときに、いち早く先鞭をつけるなど、伝統的な文法研究からはなかなか想像できないシーンばかりであった。佐久間文法学は心理学的言語学の成果であったと見なしてよいだろう。文法学の三上章が佐久間を師と仰いだことなど、知られる通り。

あるひとがテクストを生産するに際して、「〜が」と書くか、「〜は」と書くか。「は」(係助辞)でなく「が」(格助辞)を選ぶという限りでの、意志の働きがそこにある。むろん、逆でもよいので、「が」でなく、「は」と書く選択は意志の働きとしてある。

雀の子をいぬき〈が〉逃がしつる。(「若紫」巻、一、380頁)
〔雀の子をいぬきが逃がしちゃったの。〕

さるは、限りなう心を尽くしきこゆる人にいとよう似たてまつれる〈が〉、まもらるゝなりけり。(「若紫」巻、一、382頁)
〔そういうわけは、(光源氏が)限りなく心を使い尽くし申す人(藤壺妃の宮)に(紫上が)たいそうよく似ていらっしゃることが、目を離せなくなったことだ。〕

について言えば、「が」(格助辞)と書くことはたしかに主体的選択としてある。ことはそれにとどまらないので、前者は「いぬきが逃がした」と、語り手（紫上）の判断で、「つる」という口語体文末の機能語が、分析的な叙述をうち返して全体へと〈周布〉する。
後者は文末に至り、「〜なりけり」が、これによって文ぜんたいを〈周布させる〉、つまり光源氏についての、物語の語り手による語りの現場での忖度、判断であって、「〜なりけり」から全体がまとまる。
この〈周布〉ということは、時枝誠記からも得られず、適切な術語を欠くことで、心理学者佐久間は形式論理学からこの語を受け取った。私としても、かなりねじ曲げてこれを借りようと思う。テクストが、微分される精妙な読みに委ねられるとともに、数学で言えば積分というのか、細部を統束して勢いよく行きわたる動きということにも、まさにテクストは生きる。ゲシュタルト心理学ならぬ、ゲシュタルト言語学とここに名づけることにしようか。

（附記）

十一月十三日（二〇二一年）、前橋の萩原朔太郎文学館で「近代詩語のゆくえ」という発表を行う。朔太郎にかかわる難問らしい難問として、『詩の原理』（1928）が内容論、ついで形式論という二大パーツのあとに、結論部の「島国日本か？ 世界日本か？」で終わるという構成をどう受け取るか。前者、島国日本ならば何もいうことはない、「万事、いまある通りでよい」と朔太郎は言い切る。

後者、つまり「世界日本」ならば、として朔太郎は、「現在（ザイン）しないものを欲情し」、「旺盛な詩的精神」「主観を高調する叙事詩的（エピカル）な精神」「貴族感の情操」を求めると、いろいろに言い出す。詩は島国のものでなく、世界文学であり、外国と軌道をあわせ、そのために文明の線路を換えることだと主張する。

と、ここまで来れば、私ばかりでないと思うが、発表は行き詰まる。発表部分は別にして、新たに書き足した後半を、「季刊 iichiko」の山本哲士さんにお願いし、書かせてもらうことにした。朔太郎に内在していた「日本語」論を引きずり出した感がある。

石、「かたち」、至近への遠投

1 詩を創作するとは

〈質問〉〈回答〉を交わしながら――以下のように――、〈詩と言語学〉（あるいは物語）について、性懲りなく考え続けよう。言語学から引き寄せられたり、遠ざけられたり、毀誉褒貶の落ち着かない〈詩〉について、親しい友人の言語学者たちから、何とか見捨てられずに、ずっと同伴してほしいという願いを綴る。

（質問者）

お尋ねしたいことというのは、「語り手」（詩の場合）についてです。物語ではゼロ人称、作者はその背後にいて虚人称、ということだと理解できました。詩の場合はどうなるのだろうかと、ふと思いました。

「たとえば」ですが、中原中也のような詩人の作品は、作者とイコールで詩が語られる傾向を免れない読まれ方です。でも、書かれた詩作品として受け取る場合に、やはり語り手はいることになるはずだと思います。

というのか、そのように読みたいのですが、どうも中也ファンは中也そのものの声として受け取ることに疑いを持たないように感じる場合が多く、そこに語り手を挟む視点を持ったらどうなるだろうか、などと考えていました。

(回答者)

最初に、私は評伝が苦手なのです。いわゆる評伝を書いたことがありません。以前に「黒田喜夫(詩人)の評伝を書け」と、阿部岩夫から頼まれて、めずらしく、山形の詩人の形象みたいなことから書こうと思ったら、とてもだめ、私にはむりでした。

黒田評伝はそのあと、山形の書き手がちゃんとしたのを書いていたので、やはり土地勘というか、言語的に理解できなければだめです。で、われわれはどうすればよいか。石原吉郎を理解するのにシベリア抑留、そして戦後体験は避けられないから、評伝は知りうる限りでの重要な「参照項目」ですよね。

では、中原中也をどうしようか。中也はたしかに評伝にめぐまれた詩人でしょう。

私も、人後に落ちず、暗記するほどの中也ファンでした。北川透や佐々木幹郎さんとおなじですが、ではなぜ、北川さんたちが中也論に行くことができたのに、私は踏みとどまったか。『四季派學会論集』26号という詩誌にさいきん出したばかりの、私の講演の記録のなかに、中也の〈ランボー体験〉をどう評価するか、問題に立ててみました。生涯かけてランボー翻訳（読む）に取り組む中也が、疲れ果てて、夕暮れか、おのれの「詩」にとって返し、うたうように書く、そして早世する。

生涯かけての重要なランボー体験を、「創作」との関係のなかに置いてみる。創作するさなかがほんとうに詩人で、のしかかるランボー、はねつける詩の言葉、そこに語り手（つまり詩人）が生まれるということではないでしょうか。

2 詩は〈意味〉をどうする？

言語学は〈言語の学〉を名のる以上、言語にかかわるすべてをあつかうことになるのだろうか。それとも、言語学には、あつかい得ない言語上の事象がいろいろあってよいので、言語から何かを切り取るような操作で成り立たせる研究なのだろうか。

後者ならば、とりたてて問題はない。

問題は前者の場合である。詩は言語だとほぼだれもが断定するのでよく、声にしたり、文字の場合には詩を筆記したりする。それでよいようなものの、一篇の詩と称する作品が書かれて、眼前に置かれてあるといま仮定して、ある人がそれをどうしても詩として受け取れないとか、「こんなのは詩でない」と非難するとか、しまいには怒り出すとすると、(1)その人の言語観がこちこちで狭隘なのか、それとも(2)詩が言語でない場合があるか、どちらかだろう。(2)だと、詩は言語だとする前提そのものがその人のなかで崩壊したことになる。むろん、人さまざま、何でも考え方は違うのだから、「詩でない」とする認定はあってかまわないにしろ、詩からすると、受け取る人によって詩であったり、詩でなかったり、ぐらぐら揺れるばかりか、詩を基準にすると、言語が言語でなくなったり、言語のはばがちいさくなったりで、定義ということで言うならば、言語じたいの定義がぐらぐらしてくる。詩学の基本みたいなところが成り立たないということになりかねない。

詩学の基本がよくわからなくなってくるとは、私のことだ。私は物語と詩との区別にしろ、あまりよくできない性格で、ただし、文学の言語を広くあつかいたくて、とりあえず、〈詩〉にふれようとして、ふと言語学が〈詩〉をどうしようとするのか、気になってくる。

気になるというのも、私の性格に起因するかという程度で、言語学からすれば余計なお世話ということかもしれない。〈詩〉にかかずらわっていては、言語学として難儀だとすると、語法や語例にふれてくる限りで具体的な詩の作品や、小説類や、また物語文学の事例について、用例調査と称して利用し、探求し、もって文学研究に寄与するという程度での済ませ方はありうる。

その場合、世上の詩作品にしても、近、現代の小説にしても、物語文学にしても、取り上げられるのは、取り上げるのにふさわしい、好都合な用例が絶対多数、選ばれることとなろう。まあ、和歌とか、物語とかは悉皆調査ができるから、古典については論者にとり、あまりありがたくない事例をも、用例として取り上げることとなる。むろん、良心さえ痛まなければ、不都合な事例をそっと用例から外すことは可である。近、現代の詩歌や小説は無数に用例を調べうるから、論じやすい事例から並べて困ることは何も起きない。

自分の貧困な作品を事例にするとは、ありえないほど傲岸であり、顰蹙以外の何ものでもない。知らない言語学者がこんなのを〈言語ではない〉と一蹴しさるかもしれない。〈詩〉が言語であるとは、多くの言語学者の一般に認めるところだろうが、〈言語ではない〉とすると、詩人の妄想か何かということになる。そんな一例かもしれない〈詩〉作品をあえて引くことにしよう。自分の作物ならばだれかに迷惑をかけることにならない。

妄想派のかれ、詩人が「これは詩である」と主張すると、友人の言語学者は困ってしまう。親しい友人なので、すこしは考えをあらためて、いままで自分の嵌っていた言語学のフレームに対し、変更(拡大だろう)を加え出すかもしれない。

言語学は〈言語の学〉を名のる以上、言語にかかわるすべてをあつかうことになるのだとすると、妄想派の詩人の主張する〈詩〉は、言語学が動けば「詩であることになり」、逆に「詩であるならば」言語学に変更が生じることになる。何だ、決定する因子がないのでは! 詩と言語学とが双方向的に規定することとなろう。詩人と言語学者とのあいだの友情関係がいつまでも続きますように。

3 数(すう、かず)

日本語には〈ない〉とされ、簡略な言語学参考書ではあいてにもされない、〝性数一致〟などといわれる、数(すう、かず)や文法的性をどうしようか。以前に、考えあぐねたままで(「詩と文法」『三田文学』2016夏)、用例ももう一度利用すると、著名な石原吉郎の作品「葬式列車」(1955)

は、

なんという駅を出発して来たのか
もう誰もおぼえていない
ただ　いつも右側は真昼で
左側は真夜中のふしぎな国を
汽車ははしりつづけている
駅に着くごとに　かならず
赤いランプが窓をのぞき
よごれた義足やぼろ靴といっしょに
まっ黒なかたまりが
投げ込まれる　（……）

と始まる、四十行の作品で、数（すう、かず）に注視してみると、数詞のたぐいでなく取り上げたいこととして、うえの引用だと「いつも」とか「はしりつづけ」とか「ごとに」とか「といっしょに」とか、時間のなかに〝数〟が籠っていそうだし、以下、詩句だけ取り出すと、「そいつはみんな生きており」「どこでも屍臭がたちこめている」「誰でも半分は亡霊になっていて」「もたれあったり／からだをすりよせたりしながら」「すこしずつは」「ときどきどっちかが」「俺だの　俺の亡霊だの」「俺たち」「巨きな鉄橋をわたるたびに」「たくさんの亡霊がひょっと／食う手をやすめる」と、これらにはいずれも〝数〟が籠る

多く時間や場所のころもを被って〝数〟ではないように見せかけてあっても、みんな、どこでも、半分、～たり～たり、ずつ、ときどき、～だの～だの、たち、たびに、たくさんの、というような語が〝数〟を籠らせている。これらはすべて日本語として珍しくないし、それればかりか、けっして日本語の特色だと言えない。とともに、石原吉郎として、これらの語の使用に最大限の効果を求めていると思える。

単数、複数というのは欧米語の基本だとしても、複個数、双数、漠数その他、実際には日本語と共通する課題がすくなくないはずで、「落葉」（上田敏『海潮音』1905）に見ると、秋の日の／ギオロンの／ためいきの／身にしみて／ひたぶるに／うら悲しは、原作（ヴェルレーヌ「秋の歌」）によれば、「ギオロン」が複数なので「すこし驚いた」と、泉井久之助『印欧語における数の現象』（大修館書店、1978）にある。言語学者、泉井でなくとも、上田敏の訳詩からは一つの琴か

らの音に聴こえる。たとい一つの琴からの音だとしても、いつまでも続く演奏のそれは単数なのだろうか、複数なのだろうか。

この著のなかで泉井は、そういうことを始めとして、日本語にも共通する現象（「二、三個」とか、「一軒また一軒」とか）に迫る。「ためいき」にしても、原作にみると複数で、「泣きじゃくり」は「しゃっくり」であり、ラテン語に徴するならば何と断末魔の「喘ぎ」をあらわすのだと言う。訳文にない、そして原文にはある「長い」を付加すると、次第に息を引き取る感じになりそうだとも。

時間の経過は単数や複数を越えて響いてくる、ということになろう。私の見るところ、アイヌ語にもおなじ複数問題があるようで、奥が深い。

古池や蛙《かはづ》飛び込む水の音　（芭蕉）

蛙は単数か複数か（あるいは水音の単複）という、あまりにも有名な設問に答えようとすると、英訳などが何十種類かあると言われる。私の答えとしてはアイヌ語を応用して、一匹が飛び込み、しばらくして一匹が飛び込み、という複個数ならば〈複数〉に、何匹もがいっせいに飛び込むならば〈単数〉かな、というところ。でも、二通り解答するのでは違反かもしれない。英語だって泉井の論じるように、複数のはずの many を many a ～と単数にしてみせることぐらいならば中学生でも知っている。

4 文法的性（ジェンダー）

文法的性（gender〈英〉、genre〈仏〉……）が日本語に、まったくないのかどうか、対応する現象をさがすことが順序だろう。しかし、世界の諸言語の半分に、ジェンダー（文法的性）がないといわれるように、日本語にも古来、それを見いだすことができない。

つい近ごろまであったらしい、そしてそれらを歴史的にうしなってきたとされる社会の場合（英語社会のことだ）、うしない切ったわけではないから、社会学や哲学などでジェンダー（社会的性、性役割論）が巻き起こってきた事情を考察すると、一九八〇年代以来の新しい取り組みとして、特筆すべき事柄に属する。

社会的性（ジェンダー）は文法的性（ジェンダー）と、どう交錯するのだろうか。物語研究会（創立、1971）では、一九九五年前後の二年にわたる年間テーマとして性役割、あるいはセックス（性）を取り上げている。ここを考えることは、簡略な世上の日本言語学の教科書があいてにしてくれないならば、〈詩と言語学〉の担い手である物語論のしごととしてあろう。

男性語、女性語というような差異は、通俗的かもしれないにしても、どうしようか。女房詞や宗教者の言語は特徴的だとしても、階層語としてどのように認定できるだろうか。児童（稚児、子方）の言語には階層性がないだろうか。相対敬語という性格には階層性が絶対的でないものの、高い尊敬、自称敬語になると絶対性があろう（〈軽蔑語、罵倒語〉を含めた無尊敬や「へりくだり」、〈丁寧語〉には階層性を感じなくてよいかもしれない）。

詩歌の言語が、これらを、ある程度超絶できるということはあろう。和歌を中心に、古文にジェンダー（文法的性）を論じる研究書が二〇〇〇年代にあり、だいじな視野をひらいた（近藤みゆき氏）。現代に〈女性詩〉が生まれると、それを批判しても詮ないというように尽きる。脳内に組み込まれた古来の〈女性文学〉の視野はうすらぐか、うすらぐとしたら言語中枢に何かが起きたことになろう。

一九九〇年代に性役割としてのジェンダー理論を特化したことは、それもまたアメリカからの受け入れと言え、日本社会で進行したこと自体を、いまなお高く評価したい。とともに、二度の滞米中に、当時アメリカで流行の〈女性文学〉から、大量のジェンダー文献を私もまた持ち込んだ一人だと〝告白〟する（郵便袋で二つほど）。古典の〈女性文学〉をテーマの一つとしていた私には成り行きである。一九九五年前後の物語研究会が一挙にジェンダーそしてセックスへ向かったのは、そのせいで自然だったかもしれない。それらはみごとに〈フェミニズム〉を飛び越え、欠落させていた。

しかし、文法的ジェンダーとしては言語の階層性を日本語でじっくりと探究しなければならないはずだ。日本社会での伝統的な取り組みを軽やかに越えてしまったことがいまいささか悔いとしてのこったように思われる。

5 詩語として生きてほしい

自分の新刊から事例を引っ張り出すとは、前代未聞かもしれない。だれにも迷惑をかけないという特典はあるから、さきに取り上げてみる。

猫語〔にゃ〕

猫さん、かわゆいね。〔にゃ〕
あれれ、「お世辞」かにゃ。

猫さん、あいらしいにぇ。
にゃにを望むかや。
装幀された猫を、遠くへ投げよ。〔にゃ〕
至近への遠投は　猫の丸ごと。
受苦の家、散華の後ろ戸。　（……）

（藤井『よく聞きなさい、すぐにここを出るのです。』思潮社、2022、より）

「こんな作品が詩か」と眼をむく人がいたらば、率直に謝罪する。妄想派の詩人が「これは詩である」と決めた時、友人の言語学者たちが何とか同調して〈詩〉を（つまり言語を）ここに探そうとしてくれると、ありがたい。

猫の言葉（猫語）がどの部位か、作内には何となく対話者がいて、一行一行に会話が成り立っていそうである。対話者はおそらく猫好きで、同化しており、猫の言葉から判然と分けられなくなっている。

対話者は、「猫さん、かわゆいね。」と、単なる語り手でありえないようで、詩人がそこにいるという設定だろう。「あれれ、『お世辞』かにゃ。」と猫に言葉が同化してくる。

『源氏物語』に猫語の歌（短歌）がある。えっ？

恋ひわぶる人のかたみと、手にゃらせば、にゃれ（汝）よ、にゃにゃに（何）とて、にゃく（鳴く）にゃ（音《ね》）にゃるらむ

〈若菜〉下巻、（新岩波文庫）五―392頁

男主人公柏木の歌で、猫語と化している、にゃーにゃー。人さまに分かる共通語に直すと「恋ひわぶる人のかたみと、手ならせば、なれよ、何とて、鳴くねなるらむ」となる。うえの作「猫語（にゃ）」は、創作するさなか、語り手というよりは詩人が作中に生まれたということだろう。「猫さん、あいらしいにぇ。」と、詩人は猫語にさまよう（＝猫さん、あいらしいねえ）。

猫語は猫らしく、はなしの中身までまとまりがなく、同化する限り、いつまでも続くし、困難でなく何ページでも書こうと思えば書ける（終わりがないので、二ページ程度の作品で止まっている）。「にゃにを望むかや」（＝何を望むのかな）と、続くところをいったん正気に取って返して、五行目からは、

装幀された猫を、遠くへ投げよ。〔にゃ〕
至近への遠投は　猫の丸ごと。
受苦の家、散華の後ろ戸。

というように、詩らしさを続けることが可能である。だが、何を言いたいのだろうか。振り出しにもどりそうだ。

詩法の絶対形式を何度でも確認しておこう。短歌が一行詩であるのに対して（異論はありうる）、近、現代詩は二行以上から成り（異論はあるまい）、その性格は、（1）前の一行と次の一行とが対等であること、（2）各行を改行すると、（たて書きの場合）その下に一字も入れてはならない、というところかな。

それらの特徴は長い欧米詩その他の性格からやって来て、日本語の近、現代詩にも取り入れられ、彩るようになってきた。

「装幀された猫」というのはわかるし、「遠くへ投げよ」というのも、「あ、猫を投げるのだな」（かわいそうに）などとわかったつもりになれる。でも、「装幀された猫を」投げるので、書物ではないにしても着色され、カバーに包まれた猫なのか。そこまではよい。「遠投」がその猫のことしても、「至近への」において、わからないどころか、至近へ遠投するとは何のこっちゃ、親愛なる友人の言語学者は詩人の味方であり続けるにしても、頭をかかえるかもしれない。

6 意味語と機能語

でも、親愛なる言語学者は、友人の詩人のために、というより、言語学的に何か可能な説明はないか、学者の本能で探ってみたくなる。「至近」だけならば、恒星と恒星とのあいだの距離であるかもしれないし、時間の切迫かもしれないし、愛する人との心理上の一体感がそこに籠るかとも思える。

「遠投」は本塁へ突進して生還しようとするのを、センターが投げ返してタッチアウト、または詩人が何か一般では想像できない哲学をそのように称したのかもしれない(「遠却」とか「遠捨て」とか、造語してもよい)。

たしかに、恒星の世界までを視野にいれるならば、「至近への遠投」はありうる表現かもしれない。ただし、それでは「つまらない」な。「ありうる」現実を探ってゆけば、どうにでもなる。センターが遠投しようとして足下に落としたら「至近への遠投」か。それはもっとも「つまらない」、しかしありうること。やはり詩が詩らしくあるためには「至近への遠投」だけでよい。何のために詩の一行が前後から浮いて独立するか。

至近への遠投は　猫の丸ごと。

が前後から独立している。句読点(の句点)を越えて意味がつながるかどうか、保証の限りでない。意味が接しているとは言えるにしても、行変えによって絶対的に次行に行く以上、行ごとの意味の自立はたしかである。

意味の生成がやはり詩人の営為として、詩行の一つ一つに託す願いのようなことだろう。意味論の領域と言ってよいし、意味語に託すそもそもの理由はそこにあろう。意味語とは品詞で言えば、名詞、動詞、形容詞、副詞……。そこに日本語の問題が覆い被さってくる。意味語を押し包むのは助動辞や助辞で、それらを機能語と言う。

詩語が意味語として、自由で何の束縛も受けずに、「至近」にしろ、「遠投」にしろ、その自由によって前後の行から分けられ、自立し、個別に生きられる。「日本語では」と、特に限定づけなくともよかろう。ともあれ、日本語にあっては、詩語が意味語として独立し、自由であるのに対し、「が、にも、と、を」などを下接すると、それらは意味を持たない、つまり機能語であるから、働きのみを有し、文脈依存的に生きられる。

「至近への遠投は　猫の丸ごと。」で言うと、「への、は、の」は機能語であって、意味を持たず、つまりそこに自由はなく、働きのみが意味語の下にもぐり込む。

日本語の詩は意味語が詩語となって精神の自由であるかのように浮遊し、その自由を満喫する。日本語は意味語と機能語とが場所的に分離してなるので、機能語は詩語たちを下支えする。かれらは言語学の対象であり続けて、何ら困ることを起こさない。

7　詩の創発―言語態

〝詩〟ということばの使用を一時停止してみるという試みはありうる。そういう、たいそう物騒なことを（情報記号学の）石田英敬さんが言っていた（「リュトモスの襞――詩学のポリティクス」『現代詩手帖』思潮社、1997・7）。そうすると、興味深いことに、和歌や物語が、個別の作品としてのみ生きる、ということが起きる。個別の作品がばらばらに詩であり、物語であって、詩とか物語とかをまとめるようなジャンルは消えうせる。

ことばの使用を一時停止するというのであって、真には〝詩〟がいなくなるのでもなさそうだから、何が〝詩〟だったか、考えるチャンスではある。個別に作品がばらまかれてあるとなると、いわゆる作品論が生存し、あとは文学（詩、物語）研究者たちのわが世を謳歌する研究の沃野が広がるという景色だろうか。

その場合、言語学も〝詩〟から解放されるから、文学研究にじかに寄与できる希有なチャンスが訪れたのかもしれない。従来はそうでなかった。従来は作品の中身を捨象して、用例調査としてばかり、作品を利用してきた（語用論あるいは意味論）。その言語学が、しおらしく文学を中核にして再生するのだとすると、詩人にしろ、文人にしろ、思い新たに言語学という後ろ盾を得ることになるかもしれない。

「かもしれない」「かもしれない」という臆説ばかりながら、詩をディスクールのかたちの創発だと考えるとどうだろう、とも石田さんは言う。ディスクールということばの流れはそれ（＝かたち）を産みだす運動として〝創発〟する。

あるいは〝文学〟という語をすら、いったん下ろしてしまおうではないかという提案だったかもしれない。それによって、真には詩＝文学を言語学が取りもどすのだとしたら（と、禁じ手の〝詩〟という語をすぐに使ってしまう）、ありがたい。

たしかに、旧来の言語学が、詩＝文学の持つ文学的かおりや雰囲気を始めとして、詩らしい言い回し、詩だけに許されるライセンス、物語特有の回りくどさや主人公たちの感情生活、果ては誤読を誘発しかねない切迫感、のんびりさ加減などを、言語学的に〈主想〉とか、〈比喩〉とか、詩語とか、散文性とか、いろいろに言い換えるものの、ついに〈詩＝文学〉じたいを捉えているか、心許なかったはずなのが、今後は言語学としてあつかえるようになるのだとすれば、うれしい。

言語態（げんごたい）というような呼称で、石田英敬らは、文学を真にあつかえる言語学を構想していた。言語学と言っていけないならば、〝態〟と言ってしまえ、ということだろう。態（ヴォイス）とは〝わざ〟であり、態度であり、姿態（＝しな）であり、受動態、使役態などであり、そして声である。

日本語の詩的形式はポイエーシス（創ること）としてみると、日本語のそれ（57577なら57577）にあって、自由というリュトモス（リズム、律）の身体と、それが社会化されるあくまで文化的な身体とのあいだに、不断の創発としてあると確認されることだろう。けっして、五七調や七五調が生理的であるといった本末転倒をわれわれは口走ることができなくなる（参照、藤井『詩の分析と物語状分析』若草書房、1999）。

8 テクスト研究の動向

繰り返し、日本語で訳されてきた、ヴィルヘルム・V・フンボルト(1767-1835)の言を利用するならば、「言語は製エルゴン品ではなくて、活エネルゲイア動」(小林英夫「ランガージュの概念の疑義解釈」1932、『言語学方法論考』1935)である。おなじ引用として、「言語は一つの死んだ創造物としてよりは、むしろ一つの創造過程と見なされなければならない」ともあった(ノーム・チョムスキー「言語理論の現在の問題点」『現代言語学の基礎』1972)。作品でなく、〈作業〉なのだと。チョムスキーは規則に支配されたその範囲内に〝創造性〟を見いだした。それは、上記のことに関連させて言えば、フンボルトを修正または〝限定〟することであるとともに、〈創造〉の在り方の再認知でもある。

現代の様態であることを根拠にして、言語から、広く生態学的な努力や工夫(環境問題、反戦、知識人問題)へ〝逸脱〟することが可能になる。いたずらに論争の道具であってはならないので、構造主義ならびに行動主義言語学には、切実な行動主義的課題があってはじめてわたりあえるという性格となろう。

言語の構シンタクス文を線的にたどって分かるというよりも、実態は構文をたどる半ばにして一挙に分かるというか、一読したあとにたどり直すなどして分かる場合にしろ、その過程について、心理学の用語をいくぶん曲解しながら「周布」と名づけよう。ゲシュタルト言語学のようなものを今後、立ち上げるのがよいのではないか(藤井「漢字かな交じり文、神経心理学、近代詩」季刊 iichiko no.153、2022冬【本書、前章】)。

テクスト論ならぬ、テクストそのものについて、抽象的な意味合いを込めて、本テクスト文である一方に、かならず具体的に古写本や先行本文から、翻刻、校合、整定本文をへて、現代の読者へ届けられるテクストが作られるまでの、多大な労苦と時間とを要する〈作業〉であることを、避けて通れない。安易な商業主義とのなれあいでなく、『源氏物語』なら『源氏物語』の読みをテクストじたいに返す必要がある。七、八割方、時間を割かれるそのような専門的過程をへて、安心できる本文が一般に広く提供される。読者は引用本文を明示すればよいのでなく、安心できる〈本文〉かどうか、確かめ確かめ利用することが求められよう。

かくて、旧来の国文学のしごとである、本文構築に携わりながら、新規の文法から物語(や和歌)の本文を読み直す、という立場を与えられた。屈折語では意味と機能とが堅く結合しているために、意味語と機能語とをなかなか分離させにくいが(それにしても英語ですら、名詞や動詞が意味語であるのに対して〈助動詞〉や前置詞は機能語である)、日本語だと、膠着語と言われて、助動辞（英語の助動詞におなじ）や助辞（後置辞と言うべきか）が機能語として、意味語（名詞など）から分離しているために、言語が意味と機能とから成り立つことを比較的理解しやすい。

辞書に見るような意味語の「意味」だけを羅列しても言語になりようがなくて、機能語の「機能」がうらに貼りついて言語になる。文法は意味論および語用論だけだとどうすることもできなくて、機能語（助動辞や助辞）から立ち上げるほかない。

9「桃原さんの石」

おのれの新詩集から引きついでに、二篇、引かせてほしい。テーマに沿って、自作が説明しやすいという便宜ということで、一つは「糸の遊び」で、

糸の遊び

第一の糸は語る、
第二の糸は歌う、
第三の糸は弾く、

闌声〈らんじょう〉とは、わざにたけて、かたちをやぶる　という、ある種の境地を言うそうです。（……）

と、高田和子の三絃のイベント「闌声」にふれる一篇である。「かたち」と、「かたち」をやぶるという、ある種の境地について考えてみた。だれにも許されることではなかろうが、短歌のような定型と、定型をやぶるようにして出てくる自由詩との関係に類推できる。

歌人の一般には破格とか、あるいは（すこし古い考え方だが）自由律とかの理解にとどめて、そこに踏みとどまるはずの短歌のあり方を、歌人の境涯で破格でなく、自由律でもなく、「かたち」をやぶるという作歌のあり方として出てくるとしたら、われわれの自由詩の発生にも通じてくるのではあるまいか。

生涯に沖縄関係短歌を三万首、詠い続けに続けたすえに、桃原邑子にはこんな一首がある。

眼球に灸するゑ徴兵拒否をせし青年（ニーセー）の家に石を投げける吾十二歳

（沖縄――平成9年）

むろん、自由律ではなくて、破格と言えば破格なのだろうが、私にはこれが短歌そのものであり、「かたち」をやぶることはそれとして、声というのか、うたとは何かという原点に、わざ(態)を巧まずして晶化させる〝闌(た)け〟を見つめたいように思う。
自作の引用というもう一つは、「桃原さんの石」と題する自由詩で、

桃原さんの石
桃原(とうばる)さん(邑子)の歌集のなか、
眼球に灸する、
徴兵拒否をせし青年(ニーセー)の家に、
石を投げけるわれ、十二歳
という一首があります。桃原さんの投げた石は、
宙をまよって、まだ降りてきません。(……)

というような、出だしの6行から始まる。

桃原邑子のこの短歌の出典である『沖縄』の新装版（六花書林、2018）を求めて、私は原作者に詫びながら、短歌から現代自由詩への転換を試みた。つまり、短歌（一般には一行詩）を三行に仕立てたのは私、現代詩人の悪行と見てよい。このかたちは引用というより、文字通り改竄というほかなく、何度も謝罪しつつ、それでも、

眼球に灸するゑ、
徴兵拒否をせし青年（ニーセー）の家に、
石を投げけるわれ、十二歳

と改めた。桃原さんの十二歳という時は何と大正十二年（1923）である。十二歳というその夏に、桃原さんは自作歌を持って、沖縄探訪の釋迢空（折口信夫）を訪ねたと言う。そこからはるかな七十年余の歳月を詠み続けて、平成の御代に至る。私はここで、

桃原さんの投げた石は、
宙をまよって、まだ降りてきません。

と書いた。けっして嘘いつわりでない。現代短歌には出てきそうにない、「石を投げけるわれ」の「ける」をここに見いだすということが一つある。「けり」(「ける」の終止形)は〈過去がいまに続く〉という助動辞で、そのような働きを持つ機能語が使われている以上、投げられた石はいまにどうなっているか、宙をさまよったままなのである。「けり」がここに見いだされるからそう読む、というのは逆だろう。七十年、降りてこない石を詠むために、桃原さんののどを突いて「けり」が出てきたに過ぎない。

10 詩と物語と

〝詩〟を私はどのように感じ、何と考えたいのだろうか。〝詩〟は私のなかでいつまでも未分化にある、——叙情詩(抒情詩)にしたって、絶えず自分以外の〈語り手〉が内部にいるみたいだし、叙事詩には憧れに近い、近づきたい欲望があって、詩と物語との境目はいまだによく見えない。

私の初期の一文「解体する時間の文学」(『日本読書新聞』1970・9・14、『源氏物語の始原と現在』三一書房 1972、岩波現代文庫 2010)に、源氏物語の文体は遡行し、逆流する……、モノからのがれず藻掻いている。そのような言語の文体は、ほとんど詩に近づくであろう。文体とは詩のようなものかもしれない。

と書いた。この「解体する時間の文学」は、野村精一『源氏物語文体論序説』(有精堂出版、1970)を論評する、書評紙の一頁をついやす長文で、若書きだったから徹底して「批判」する論調だったにしろ、物語論の未来を占う、当時不可避の立ちはだかる物語研究者、野村の胸を借りて、私なりに『源氏物語』の基調ができた。

「バリケードの中の源氏物語」(『展望』1969・7、『源氏物語の始原と現在』岩波現代文庫、所収)という論考の締め括る箇所でも私は言い続ける。

『源氏物語』が、散文の世界というよりもむしろ、原初的なエネルギーこもる詩的世界に近づいて見えてきた。

現代における詩の、地獄のような故郷は、……このような情念のカオス、物語世界にあるのではないかという気がしてならない。

と。「世界は詩である」というか、いかにわれわれの現代に大小の〝詩〟を見いだすかという、新しい詩論に不満はないし、批評の根底に〝詩〟を置くことに躊躇う理由はない。ただし、自分はその後、〝詩〟を批評よりは、ある種の人類学ないし言語学的関心のほうが優先したかもしれない。世界文学の頂上に詩じたいを設定することに諸手を挙げて賛成するし、万葉歌や『古今集』の〝詩〟にうちこんだ自分のその後ではある。

繰り返し、書き写していまなお抜け出せない〈詩としての物語〉、日本的な叙情詩＝和歌から〈詩＝物語〉（真の「＝」ではないが）へとつながれたい論調ではなかろうか。

11 いま、物語論の収穫

今年（2022年）になって、急遽書きとどめておきたいことがある。三十年前、私は一九九四年一〇月二三日号の『琉球新報』に、「物語は解き明かされたか」を寄稿した。『湾岸戦争論』（河出書房新社、1994）を出したばかりだったが、何か、湾岸戦争に関する大きなパズルないし「物語」を、われわれが解き切っていないように思われて、緊急の寄稿である。湾岸戦争とはどのような〈物語〉であったのか。

九〇億ドル（実際には一三〇億ドル）を出す「日本」国の、中規模であるにしろ世界戦争への、参加の姿勢に対して、あのとき、信じがたいことに、反対者はけっして多くなかった。私の友人も、後輩も、あのときだけは「戦争が嫌いだ、だがしかし……」という判断中止である。主権を持つ一国が侵略されるという事態があると、その主権を回復させるための制裁措置に対して、「反対できない」というのが実際である。湾岸戦争にぜんぜん関心がないことによって、個人の内面を防衛する人たちが、けっしてすくなくなかった。その限りでなら〈パズル〉でなく、「物語」でもない。

非戦論者であることを貫こうとすると、解きがたい〈パズル〉ないし「物語」に逢うことになる。そのパズルとは、非戦論者が、「侵略（戦争）に反対することはむろんのこととして、侵略への制裁である戦争にも、戦争であるからには反対しなければならなくて、解きがたい矛盾のパズルの始まり」となる、というものだった。

よく知られる、ありふれたジレンマだが、この解きがたさを解き明かすことこそ物語論（ないし詩論）の貴重な役割だろう。あれから三十年、物語論はどのように稼働したろうか。私は『言葉と戦争』（大月書店、2007）をへて、『非戦へ』（水平線、2018）を著して、パリ不戦条約（1928）に日本国憲法（1946）の成立をからめとるかたちでそれを論じてみた。私一個には〈収穫〉となった。

モダニズム　左川ちか全集　いまここで

伝説的な昭森社のオフィスで、森谷均さんに私はお会いしたことがある。亡くなられるすこし前のこと。

神田神保町（東京、千代田区）の、ラドリオというカフェの向かいの、急な階段を登り詰めると、六畳ぐらいの空間に机が三つ、手前が思潮社で、小田久郎さんはもう本郷のほうへ移っていたから、机だけのこり、まんなかは伊達得夫のユリイカで、これも机だけがのこされ、奥の机に「神保町のバルザック」と言われる、白髪の森谷さんがすわっていた。

お会いしたあとは、神田や本郷の古書店で、戦前の昭森社の本が見つかるたびに、手にして立ち読みしたり、安ければ購うこともあって、昭和十年代のモダニズム詩にふれる切っ掛けを作ってもらった。

いま手元に『左川ちか詩集』（定価二円）がある。

扉ウラに「昭森社刊 一九三六年」とあり、巻末に「詩集のあとへ」百田宗治、刊行者の覚え書と、左川の小伝とを付す。一九三六年一月、二十四歳にて死去する、とある。

生前の刊行にはジェームズ・ジョイスの訳詩集『室楽』(椎の木社、一九三二)があった。私にはまぼろしの本だったが、森開社版『左川ちか全詩集』(一九八三)でそれを読むことができた。『左川ちか資料集成』(えでぃしおんうみのほし、二〇二二)でも読むことができる。

翻訳詩というよりは、左川その人の詩作として読んでみたいように思う。その完成度を賛嘆せざるをえないが、私としては、巻末の訳者附記の、

一、原詩の韻を放棄し、比較的正しい散文調たらしめるにつとめた。
二、従つて各スタンザ毎に書き続けの形式を執つた。
三、テキストはエゴイスト版を使用した。

というあり方の、まさに革命性に眼を奪われるものがあった(藤井『日本文学源流史』〈二〇一六〉に論じる)。

左川の言うところを繰り返すばかりながら、翻訳詩であるからには原詩の韻を放棄し、し

たがって日本語詩として〝散文詩〟が成立するという視野をきりひらいた。(彼女のあと、この革命性を受け取った誰がいるだろうか。)

韻律は翻訳できない。とするならば、左川が「原詩の韻を放棄し、比較的正しい散文調たらしめる」というので、あまりにも正確だ。実際、彼女の『室楽』は「散文調」で書かれる。これを散文詩の発生にほかならないと見ぬきたい。

35

終日私は水の音の歎くのをきく、独りで飛んでゆく海鳥が波の単調な音に合はせて鳴る風を聞くときのやうに悲しく。

私の行く処には、灰色の風、冷たい風が吹いてゐる。私は遙か下方で波の音をきく。毎日、毎夜、私はきく、あちこちと流れるその音を。

繰り返すと、最初の「原詩の韻を放棄し、比較的正しい散文調たらしめる」とは、翻訳詩の在り方を考える上で、画期的な実行だった。なぜといって、ある諸言語(たとえば英語)から別の諸言語(たとえば日本語)へと、翻訳がなされる時に、特に詩の場合に問題となるはずのこととして、内容も情感も、だいたい移し入れようとして、だいたいできそうであるにもかかわらず(その移し入れる努力が翻訳である)、諸言語の韻律は移し入れることができない。

韻律は、語族を異にする場合、翻訳不可能であり、諸言語どうしの壁を越えることができない。個別の諸言語特有の現象としてあるのが韻律にほかならない。散文でもそうだが、詩において韻律が壁を越えて別の諸言語へと持ち込まれるということはありえない。

生前の唯一の刊行がこの訳詩集で、左川その人の詩集刊行はその死に間に合わなかった。このことについて、たしかに悔いののこるところではあるものの、しかし日本モダニズム詩のあり方として、翻訳詩から開始した彼女の刊行の順序について、納得できるものがあるとぜひ言ってみたい。国際環境下に近代詩を出発させるという。日本モダニズム詩の精神を身をもって示したと。

中保佐和子氏の英訳詩集(CANARIUM BOOKS)は二〇一五年、これは何かが大きくひらかれようとする気配に満ちていた。

島田龍さんの精力的な研究が進んで、ついに『左川ちか全集』(書肆侃侃房、二〇二二)を見ることとなる。

モダニズム詩がこんにちのわれわれの眼前に急速にやってくる。モダニズム詩とは何か、と問いかける切実な段階がいま、要求されているということでもあり、そして何だろう、しっかりした足取りの研究そして探索が、ここに続けられてきた成果だということでもある。

『薔薇色のアパリシオン(副題「冨士原清一詩文集成」)』(京谷裕彰編、共和国、二〇一九)は、これも冨士原の詩や未刊の文を網羅して、詩が国際的であること、世界の詩の一部からなることを見せつけた。

日本詩などいう曖昧な何かがあるのでなく、日本語で書かれる世界の詩があるということ。日本近代の真のあり方が詩人によって刻まれる瞬間瞬間がある、という現実。

冨士原は『ベートーヴェン』(一九四三)などの翻訳のあと、軍務にあって(だろう)『ニューヘブリディーズ諸島』(太平洋協会編、一九四四)を著して、人類学の業務をまっとうしながら、さいごは肉体を時代に捧げさせられた。『薔薇・魔術・学説』(冨士原発行、一九二七)と『ニューヘブリディーズ諸島』とのあいだに日本近代を定置させることができる。

思潮社の『一九二〇年代モダニズム詩集(副題「稲垣足穂と竹中郁その周辺」)』(季村敏夫・高木彬編、二〇二二)からさきに書いておこう。

受川三九郎という詩人を巻頭に、五十名におよぶ無慮百数十編の詩は一九二〇〜二九年の壮観である。さきの『モダニズム詩集』（現代詩文庫特集版3、二〇〇三）は一九三〇年代を含んで、左川ちかの作品を十編か、鶴岡善久さんは取り上げていた。

『一九三〇年代モダニズム詩集（副題「矢向季子・隼橋登美子・冬澤弦」）』（季村敏夫編、みずのわ出版、二〇一九）を読む。季村さんは書く、

かつてあったことは、後に繰り返される。一九三〇年代後半、シュルレアリスムに関わった青年は治安維持法違反容疑で次々に獄舎へ送られた。神戸詩人事件はその一つだが、現在である。今回編集した矢向季子・隼橋登美子・冬澤弦、初めて知る詩人だが、このラインにも、シュルレアリスムへの目覚め、総力戦、同人誌活動の終焉、モダニストの戦争詩という歴史がある。しかも三人は番外の詩人、一冊の詩集もないままに消えた。

（はじめに）

と。

矢向の詩は激しいところもあれば、「官能の叙曲」と名づけられたのもあって、「魚真学」は、

紫で　青空と空気とを切った鮮かな楽園
白で　青空と空気とを切ったあなたの剣
この天地の中潜んだ若さの剣に
青空《そら》が光りながらおりる　葩がかヽつてゐる
そこで私はあなたにナンバーをつける
私は濡れた帆をおろして
あなたの中に這入つてゆく　私のなかの楽しい鴎　（……）

というような一節を含む（「葩」はハナビラ?）。
隼橋登美子もすこし引いておこう（「隷属するあなた」）。

あなたを火の蕾と呼んで／あなたの瞳の中へ／さヽれた肉体《からだ》ごとどろどろに／ふっとうする瞬間が／あたしには一番幸福なのだ／羅漢の掟をぶちのめし／あなたを包囲する／号々と鳴る情熱に／自ら慰み勇気づけられ／　（……）

「羅漢の掟をぶちのめし」……　叫びたい思いが伝わる。

冬澤弦の作品はすべて『新領土』から取られていた。

モダニズム詩の詩誌は一冊一冊、渾身の編纂をかさねつつ、しかしいよいよ時代のなかへ陥没し去るかのように見えて、それでも国際環境下の役割を手放さなかったと、『新領土』（一九三七〜四二）の消長に対して一定の評価を惜しみたくない。

海外文学の紹介そして詩論の試みを続けて手放さなかった一方で、しかし戦時下に戦争詩を論じることも避けられず、誌名は当初、新しい詩の開発であったはずなのが、あたかも占領地を標榜するかのように受け取られては、廃刊がむしろある種の手段として選ばれるということかもしれない。

一九四一年（太平洋戦争直前）になるけれども、「アンケエト・今日のモダニズム」というのがあって（二月号）、同人の鮎川信夫は「更になにものかへの深まりを」と回答する。

鮎川によると、モダニズムにはある反省が欠けていたとし、モダニズムから何ものかへの深まりを期待する。「なにものか」とは内省そのものであるにしても、けっして時代への同調でなく、踏みとどまる何かを深まりというので、アンケートじたいがモダニズムを問いかけるところに、いわばさいごの批評という精神を見いだすこととなろうか。

一月号についても言える。春山行夫があとがきを書いて、『新領土』の同人はすでに九人が応召しているとし、「最近名誉の帰還を遂げた」曾根崎保太郎の出した詩集『戦場通信』を一部引用しながら、「古い衣装となったモダニズム」であるとこれを揶揄し、

戦争が巨大なリアリズムであることはいふまでもない。……詩人としての曾根崎君は、モダアニズムによつてリアリズムと闘つてきたひとであるが、いまや君はリアリズムによつてモダアニズムと闘はねばならない。

と、あたかもモダニズム詩の最終的な敗北宣言のようでありながら、詩誌のあとがきにこれを見るところに、モダニズムの批評的抵抗をなお読み取る必要がある。

沖縄という詩の国のほとりに立って

沖縄のアンソロジー誌に、六〇篇余を特集する、沖縄ほかの詩人の新しい試み（詩そしてエッセイ）を見ることができた。若手から、若からぬまで。

錆びついた
日々を
強く抱きしめて
手放せない季節を
この海に沈めて
どこに行けば

（西原裕美「シーサイド」、最終連、『潮境』2、二〇二二・五）

川満信一の寄稿も見ることができる。〈在る〉ということを追い詰める。

国引きの抗いと略奪に喘ぐ島で
母も逝き　父も消えた
産みなせる子たちも異郷の空へ散り
秋を孕む孤島の嗚咽を　独り聞きながら
言葉という暴力団の
見えない武器に攻められている

（「在るものの不安」I、第四連、同）

その特集の巻末に、アンケートというのがあって、
☆「沖縄の詩」といえば、沖縄戦や基地（近年は辺野古）を題材にしたものが多すぎる気がする。
という応答をしていた人がいた。そうかしら。そうかなあ。「沖縄の文学（詩）の現状についてどう思いますか」という質問への応答だろう。この「応答」をどう受け止めたらよいのだろうか、

頭をかかえてしまう。
六十篇余の、新しい試みに眼を通していると、無性に、山之口貘詩集をひらきたくなった。

芭蕉布はすぐに仕立てられて
ぼくの着物になったのだが
ただの一度もそれを着ないうちに
二十年も過ぎて今日になったのだ
もちろん失くしたのでもなければ
着惜しみをしているのでもないのだ
出して来たかとおもうと
すぐにまた入れるという風に
質屋さんのおつき合いで
着ている暇がないのだ
（「芭蕉布」後半、『鮪に鰯』）

その芭蕉布は母親から送られたという。どの一篇一篇にも「沖縄」が存在する。山之口貘の、

「沖縄戦や基地」を題材にしたものが少なくないことと、「沖縄」が〈在る〉こととは別じゃない。

高良勉の解説(「神のバトン」、岩波文庫『山之口貘詩集』)は、その詩の特徴と意義とを挙げて、第一に平易な日本語と深い思想、第二に文明批判、つぎに家庭生活、第四に社会の底辺そして地表からの視線、第五に沖縄語と日本語との衝突、つぎに推敲をかさねた会話体、そして徹底させた口語体、さらには「戦争協力詩」を書かなかったこと、さいごに題材としての沖縄、特に戦後の「沖縄問題」の作品が増えたことをかぞえる。

沖縄の詩のたいせつさに、聖地を内包するということがある。

聖地というのか、このことは現代詩が何であるかにかかわる。われわれが現代詩を書くという、意義にかかわることで、ある人たち、例えば都会生活者にとっては、身近な、籠る場所でかまわないし(キッチンでもよい)、若からぬ、遠い思い出の時間であってよいし、平易さとは、文明批判とは、家庭生活とは、と辿ると、書かれようとする時に聖地であること、聖地であろうとすること、そのようにしてだれに対しても現代詩として訪れる、場所や時間がある。

沖縄にあってはその聖地がひじょうにわかりやすく迫ってくることがある。

入るな

入らん方がよい
（……）
ウタキ（御嶽）　カー（井戸）
グソー（墓域）　家屋敷
男の人は
特に島外の人は
入ってはいけない
（高良勉「フボー御嶽」）

高良勉は『潮境』のアンソロジーに、連作「久高島」から「フボー御嶽」を寄稿する。むろん、詩人ならば、聖域に入らねばならず、これが書かれることによって沖縄の詩の刻印となる。私、島外の人は、何度目かの久高島行きを、友人たちと島渡りしようとする直前に、ひとり安座真港に止め置かれたことがある。「藤井さん、今回はあぶない、島に渡らないように」と、高良勉が埠頭に石で小さな遙拝所を作ってくれて、泡盛の一合瓶を供え、みなが無事に帰ってくるまで、数時間、私はそこに祈りながら座っていた。

沖縄社会を「古代村落の隣」と私は表現したことがある。「古日本文学発生論」（『現代詩手帖』

での連載)における主想で、一九七六年から一九七七年にかけて、古代社会を髣髴とさせる祭祀歌謡、神歌のかずかず、村落共同体の歌謡について、手にしうる資料を尽くしての、現代に向き合わせる、この方面での最初の試みになったと思う(一九七八年、単行本化、一九九二年、増補版)。

宮古歌謡、八重山歌謡、奄美の歌々、沖縄本島……。伊波普猷の「古琉球」から題名の「古日本」になったと、批判されるまでは、当時、無意識だったと思う。なぜ、「現代詩手帖」での連載だったのだろうか。その理由は清田政信が、ただちに「琉球新報」紙上に、五回にわたり、「古謡から詩へ——藤井貞和に触発されて——」を連載して、重たく受け止めてくれたことに如実にあらわれたと思う。沖縄の詩人に届いたのだ。

清田は書く。

……だが地方の近代化は、〈村〉を原感情の混沌としてではなく、一枚の平面として機能させる。つまり原感情が風景として形骸化するということだ。したがって地方にいる者は文体に苦しむ。なぜなら風景としての古代への感受を深めて原感情としての村を手にいれるには、現存の矛盾体をくぐらせることが必要なのだ。

（『古日本文学発生論』あとがきからの引用）

やや長く引いてしまったが、そのままにしておこう。みぎに「文体」という語をふと見いだすように、六〇年代から、黒田喜夫や清水昶を導入口として、清田はその苦悩そのものと言ってよい文体によって、ヤマト〈日本〉にまで知られるようになる。「現存の矛盾体をぐらせる」とは、難解な言い方であるにしろ、現存を矛盾のままに文体として創成するのだ。そうでないと、沖縄にあって温厚な愛郷者になってしまうだろうと清田は言う。

清田、全身による批判を、私は理解できたのだろうか。

一九七八年の秋には、沖縄の詩人たちに会いたいと、私は痛切に思った。久高島から与那国島へ、島伝いに移動していった。会えた詩人の名を思い出してみると、川満、新川明、伊良波盛男、仲地裕子、水納あきら、清田、新城兵一、松原敏夫、砂川哲雄、東江正浩、竹本真雄。

さいごの砂川、東江、竹本に到っては、八重山（石垣）の書き手で、現代詩というような自覚はあるのか、私の質問もあまり通じないごとくで、詩そのものの生存、あるいは「古謡から詩へ」とはこれだと思われる雰囲気に包まれた。

その一九七八年にあって、『カルサイトの筏の上に』（オリジナル企画）を見る。

おお　君の潰したアナナスの赤色燐光も
こおった熔岩の嶽に埋めちゃえば
煙立つフォークロアになんないかしら

（仲地裕子「カルサイトの筏の上に」、部分）

新沖縄語というべきか、変わり目を先鋭なかれらはいち早く嗅ぎ取って仕立てる。「芭蕉布」の芭蕉はここで新規な赤いパイナップルをつぶし、「風景としての古代」は煙立つ口承文芸（フォークロア）にとって変わられる。着実に現代詩は沖縄から変わり出した。

沖縄とヤマトとのかかわりは、一九八〇年代になって、イベントによる交流もあり、鈴木志郎康さんらとでかけて行った数回の機会にあって、本土（と言ってよいか）の書き手たちに、沖縄の詩はどのようなかげを落としたか、そのさきはまだあまりまとまらない。

現代詩そのものが八〇年代の終わりとともに、一旦、とじられてゆくような、大きな流れのなかにあって、沖縄の詩もまたゆくえを模索しなければならなくなる。清田の批判はいまに続いているはずではないか。

戦争の貌は言葉から眼を反らすか

難民のかずが数百万人か、報道によっては五百万人を越えるともされる。民間人の亡くなるひと、数万人か、不明のままと言われる。これらの数値は、報道の詐術や、宣伝の言説でもあって、戦争下での一貫したあり方だろう。

詩人、歌人たちは「報道」を眼前に、「自分はこれまで何をやってきたのか」と、意欲が萎えてくる。文学の書き手はその絶対多数が、表現にも、創作にも真摯に、翻弄されながら従事してきたかと思うのに、振り返れば、あたかも〝平和ボケ〟であったと揶揄するような、声がそこここから聞かれるみたいだ。

文人は何をしなければならないのかな。文人はこうあるべきだという、暗黙の了解がどこかにはりめぐらされており、踏み外さないように、というのが「良識」で、踏み外すならば、しばらく排除の対象になり、懲らしめを受ける。「三・一一」を思い起こそうではないか、天災に際してそうだった。戦争に向けて、ルールに沿わない無防備な告発は懲らしめられることになろう。だれもが怖れのなかにいるのだから、独りでおびえることはない、国土も、インフラも、生活物資も、いま目の前で略奪というかたちの攻撃に曝されているではないか——、仲間とともに声明を出すことは、しなければならないし、信頼できる論客たちに思いを託して、わけのわからなくなりつつある戦争に対して、分析や判断を預けることを、しないよりしたほうがよい——。

しかし、たった独りになって、やらなければならない文学者のしごとというのもまた、あるのではなかろうか。以下、うまく言えないことながら(誤解を承知で)、戦争の神という何かが居るとすると、そいつと腹を割って語るしごとがまだのこっているのではないか。詩人や歌人の表現行動が孤独であることは言うまでもない、その創作の場へ降りてくる戦争の神たちが悪神であることもまた言うまでもない。人類、数千年の文学の歴史は少なくないかずのそれらが悪神たちとの妥協の産物であり、ときに戦争の神たちの賜物そのものであったこと、かれらのうちなる「良心」を含む、鬼神たちとの未分化なあり方のこちらがわへ、文学の着地を多く提供してきたこと、いわゆる戦争文学が詩歌によってかかえられてきたことはまぎれもない事実としてある。

『古事記』のなかをまっすぐに降りてゆくと、そこに戦争の神が待っている。『平家物語』の奥に青ざめた若い血あえの悪神が居座る。説経語りの、浄瑠璃の一編一編で、戦争の神々が暗い演場から観客をあざ笑う。近代文学もまたある時期までは戦争「讃美」にほかならなかった。いや、文学や演劇の批評家が、描写について悲惨で過酷でリアルであるほど、反‐戦争の思いをかき立てるのだと決まって説明するのだから、そりゃそうだろう。戦争の神たちの「良心」はそういうところにあると見てかまわない。

数千年の初期に戦争なんかなかった、ではない、問題にならず、したがって文学はなかった。『古事記』が戦争の神を用意して文学が始まるとは言える。『万葉集』は如何。『源氏物語』(物語文学)が戦争の神を捨てたのは奇特なことであり、『将門記』から『平家物語』へ敗北する神々の戦争批判はかならず当時での「戦後」文学だけど、どこかに非戦の契機はあろう。

立ち向かった詩人がいた。湾岸戦争の、一九九一年四月の時点で、『鳩よ!』(マガジンハウス)一九九一年五月号誌上、白石かずこは特集「湾岸の海の神へ」を組んで、全冊を尽くす四十数編、世界からいわゆる湾岸詩を集成し、反戦詩ばかりでなく、湾岸戦争に理解を示すもの、散文形式あり、しかし現代詩の分野ではこれを批判する言動が引き続いたという、思い出す。

「三・一一」、福島第一原発の爆発後、東日本が壊滅すれば西日本へ五千万人の移動が想定されたと(難民である)、当時の政権担当者の回想にもあるし、事実、私の周囲(東京あたり)では、いのこるか、避難するか、真剣に議論されて、国内留学生たちならば、気づかれぬうちに西日本へ退避していた(各国大使館の指示だろう)。

詩人も歌人も、震災詩を、震災短歌を書き綴った。そのことは日本詩歌史上、高く評価され続くだろう。われわれのうちなる「難民、虐殺、攻撃」を、けっして戦争ではないにもかかわらず、心内に深い哀悼とともに受け止め、文学者として、なすべきことを果たした「三・一一」。

文学の数千年の歴史でみると、戦争そして天災は、文学の隣人のようにしていつもすり寄り、魔の囁きとなって、しかも創作の源泉となる。日本古典で言えば、『古事記』『平家物語』『方丈記』、説経語り…… 文学との関係をやめられない戦争の神たち。

『逆転の大戦争史』(文藝春秋、二〇一八)という本を書店で手にした。カバーの見返しに、「旧世界秩序」だと〈戦争は合法、政治の一手段〉であった。〈戦争であれば、領土の略奪、殺人、凌辱も罪に問われない〉と書かれてある。

えっ、〈略奪、殺人、凌辱〉とは、なんだ、私の論じたい三要素にひとしい。この本は、イエール大学法学部の先生お二人が、渾身の力を込めて書いたという。見返しのコピーには、さらに仰天することが書かれている。〈「パリ不戦条約」という忘れられた国際条約から鮮やかに世界史の分水嶺が浮かび上がってくる〉と。

戦争の三要素は「虐、掠、辱」つまり〈虐殺、掠奪、凌辱〉であること、戦争からの脱却について、パリ不戦に曙光を求めることができると、私も、そう論じてきた(『非戦へ』水平線、二〇一八)。でも、一介の詩の書き手では議論など〈無力〉だと言いたい、ではない、無力、無効、無為をかさねてでも萌芽としての戦争学をいま育てるのでなければ。

イェール大学法学部の教授たちがあとを言ってくれる、戦争学が始まるかもしれないと。

坂本龍一『非戦』(幻冬舎)が編まれたのは〈二〇〇一・九・一一〉の直後。非戦はもちろん「不戦」でよく「反戦」でもある。大統領らが「テロは戦争だ」といって、復讐戦に入っていった。坂本は逆に「報復するな、報復しないことが真の勇気なのだ」と直言する。

直言のかげでいま、報道されなくなっている中央アジア、ウルムチの「戦争」は着実に進行するだろう。一つの戦争が孤立するわけでなくて、国際環境下に、あるいは時間系列下に、別の戦争と結びつくだろう。十五年後の第二次、あるいは第三次ウクライナ戦争が、「焦土化を完成」させようとするだろう。そのころの検定済み教科書は歴史としての勝者を追認するだろう。歴史上の人物が肖像とともに検定されるだろう。百年続くだろう、戦争学が戦争をやめさせるまでに。

でも、戦争学が始まったのでは。焦土のなかにとどまり、音楽に委ねる詩人たち、うたびと、子どもたちを守り空爆のなかへ戻ってくる教育者たちへ、われらの想像力は届くか、いま試されているということだろう。

〈この百年〉にしかし、始まったはずではないか。おどろくべきことではないのかもしれないが、非戦の思想が二十世紀にはいってから(一九二〇年代の後半だ)、細々と「始まる」。それまで、旧秩序では、武闘も謀略も「よいこと」だったし、宣戦布告ののちならば公然と許可のうちにあった。

第一次世界大戦——そのころの世界とはごくヨーロッパ近辺の範囲を意味した——、のあとで、一九二八年にパリ不戦会議の決議に「戦争放棄」を見いだす。第一次大戦が終わった直後の、ベルサイユ条約ならば教科書でも出てくる、その八〜九年後に結ばれた条約である。つよく思いだそう、ベルサイユ条約にはアメリカが参加していないし、敗戦国のドイツに多大な賠償金を課して痛めつけたことが、第二次大戦につながってゆくと言われ、パリ不戦はしたがって「失敗」だったと片付けられてしまう。失敗とはどういうことか。

ベルサイユ条約の八〜九年後の、パリで結ばれた、こちらの条約では、米仏が協調して、戦争放棄を呼びかけ、そこに多くの国々が参加したいと申し出て結ばれる。外交官たちが蔭に日向に活動する。それまでは戦争を肯定していた時代が、「戦争は悪である、戦争をやめよう」と、逆転を開始する。その戦争放棄の条項はめぐりめぐって日本国憲法のうちに棲むことになる。

五千年の人類は戦争を選択してきた。戦争があって、戦間期があって、戦争があって、戦間期があって、戦争があって、戦間期があって、つまり戦争と戦争とのあいだには端境期があるというのに、その期間に思想らしい思想を生まなかった。次の戦争の準備に明け暮れるのだった。

しかし、一九二〇年代の端境期に、それまでの五千年にわたる戦争をひっくり返し、非戦への視野をひらき始めた。各国の思惑があったにせよ、思想的萌芽と言えるかもしれず、それまで影薄かった戦争学への端緒が生まれるかもしれなかった。「戦争とは何か」をここで考え始めないことには、戦間期のあとにまた戦争が動きだすのみと。あれからあたかも一世紀。途中に第二次世界大戦があった。数千万人の死者をへて、おろかな人類もようやくほんきで戦争学の契機に到達したのである。

戦争について、いろいろな考えがあるにしろ、三つの要点に絞って考えてみる。どれが重いとか、どれが副次的だとか言うのでなく、要素としての〈虐殺、略奪、凌辱〉および、それらの変形につぐ変形とからなる。

第一の要点は残虐に殺す。数千年の戦争の歴史をいま、ここで振り返ると、遠くない集落を襲うときには原則、皆殺しである。あとに言うように、変形として、成年男子（戦士）は虐殺し、女性を出産要因として確保する場合がある。集落の近辺には大きな川が流れているから、死体も家屋もきれいに処理して何ものこらない。別の変形として儀礼化した戦争では、一定の首狩りなどにとどめて皆殺しを避けることもある。

後ろ手に縛られ殺される死体の酸鼻をきわめる映像を記憶しよう。かれらが多く〈抵抗〉したことをぜひ想像しよう。ロシア語は流暢なはずだから、語りかけようとし、場合によってははげしく抵抗したろう。民間人の誰もが（そのなかには詩人も歌人も含まれる）、正当な抵抗のために虐殺されたろう。虐殺者らを弁護する言葉はない。

攻め込んで、そこの土地、インフラ、物資を略奪する、その略奪ということが二つ目の要点となる。略奪という、行為の変形ないし延長に攻撃があるので、攻撃あるいは略奪を一つの視野に収める。空爆による、人々の〈古里〉を焦土化することは、略奪の変形としてある。

古来の戦争には略奪後の都市や耕作地で、後来の部族などが棲みつくということがある。それがむしろ一般（戦争の神の意志）かもしれない。その場合には、生かしておいた女性を出産要員にして、新しい家族を形成することになる。もし、古い妻子を連れて来たのならば、一夫多妻現象が発生する。古代史などではおなじみの展開だろう。おなじく殺さなかった高齢者や未成年などを利用すること（奴隷制度）も先刻承知のこと。

三つ目の要点を挙げるならば、（どう話題にしてよいか）凌辱ということだろう。男性の兵士が女性を凌辱するということは、様々な戦争で見られることながら、数千年の戦争の歴史から見るならば、〈男は殺して女を生かす〉つまり出産要員として女性を確保するということらしい。古典ギリシャ悲劇に見た戦争のように、神に捧げるために生かすということもあろう。それだって、神々と「結婚させる」、つまり神々に「凌辱させる」ことの変形でしかない。けっして戦争犯罪としての付随的な行為だと見ないように。

出産要員の確保は戦争の一目的であり、その変形に次ぐ変形として、戦地や終戦での凌辱がある。戦争犯罪という言い方をやめよう、「よい」戦争から通常の加害を越える惨害を区別して「戦争犯罪」などと称するのは。

難民にいくつかの種類があるとは、スロベニアの哲学者、S・ジジェクの言うところ。五千万人が西日本へ避難するというのは、老幼含めて男も数えられる。しかし、ウクライナ戦争下、五百万人の絶対多数が子どもたちおよび女性であるとは、〈凌辱〉を忌避しての、つまり凌辱の変形としての難民だと、つまり第三の要点にほかならないと見抜かれる必要がある。

「文法的詩学」をめぐって

1 述語制の論理

山本　『文法的詩学』及び『文法的詩学その動態』を拝読いたしました。待ちに待っていた本が出たという感じです。手前みそでいってしまいますが、本格的な述語制の文法であると理解します。

藤井　ありがとうございます。

山本　『季刊 iichiko』では過去に何度か述語制の特集をいたしました。今回は藤井さんのこの本について、いくつかお話を聞かせていただきたいと思っています。

私自身のスタンスをはっきり申し上げますと、松下大三郎と佐久間鼎と、それから三上章、そして金谷武洋、浅利誠。彼らが、私がイメージしている述語制の論理に可能性を切り開いた人たちと見ています。

藤井　そうですね。

山本　それらに対して、山田孝雄の『日本文法論』がちょうど近世と近代との中間地帯にあり、半分「表象の体系」で、半分「近代的な文法」というイメージでとらえています。さらに正直に、はっきりと申し上げたいのですが、橋本文法だけでなく、時枝誠記の時枝文法も日本語の間違った文法の世界をつくってしまったと考えています。藤井さんは、ある意味で非常に時枝を評価されながら、実際は批判的な検証を積極的にされていて、でも細かく見ると、やっぱり時枝はダメだとおっしゃっている。そこは、日本語の非常にだいじなポイントになっている。そこが、かなり鮮明に藤井さんの今回の『文法的詩学』および『文法的詩学その動態』に出ています。これが一体どういうことなのかを今日は確認させていただきたいと思います。まず中身の確認をさせていただきながら、今言ったような問題点まで波及していければ、と考えています。

大雑把に見て、私が理解している限りでは、自立語と非自立語をまず区別して、そして自立語が持っている意味語と、非自立語の機能語という世界の中で、やはり機能語のほうの意味を非常に明確に組み立てて提示してくださった。それで、この藤井さんが組み立てられたkrsm四辺形（立体）〔図1、図2参照〕が、藤井さんにしても、松下大三郎にしても、私も「助動詞」ではなく「助動辞」（「動助辞」）というふうに申し上げますけれども、助動辞の世界が非常に明確に位置づけられてきて、鮮明になって、それでその助動辞を定義付けることの中から、さらに人称の問題、リズムの問題というところにまで付言されている。その前に、「は」と「が」の基本的なところを押えていらっしゃ

図1

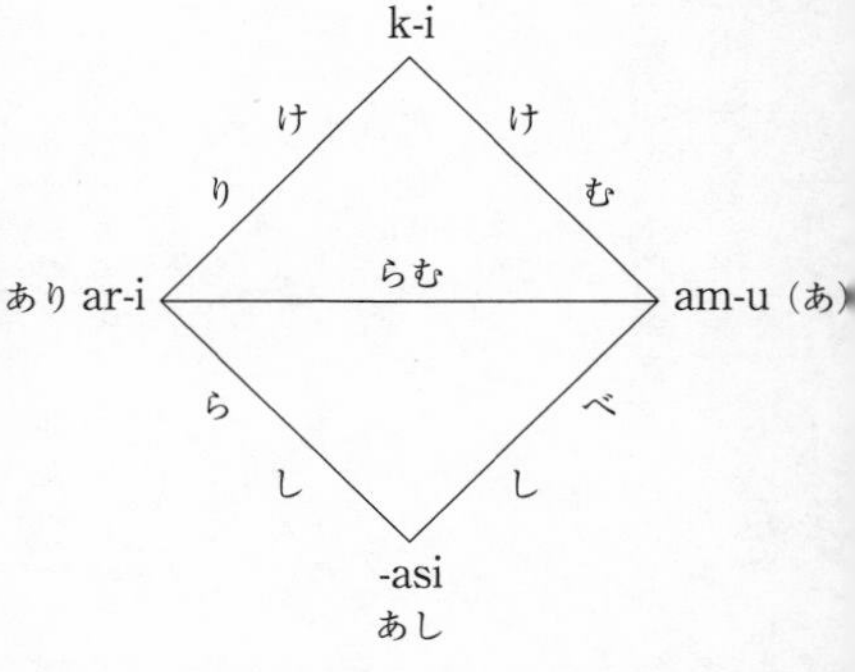

図2

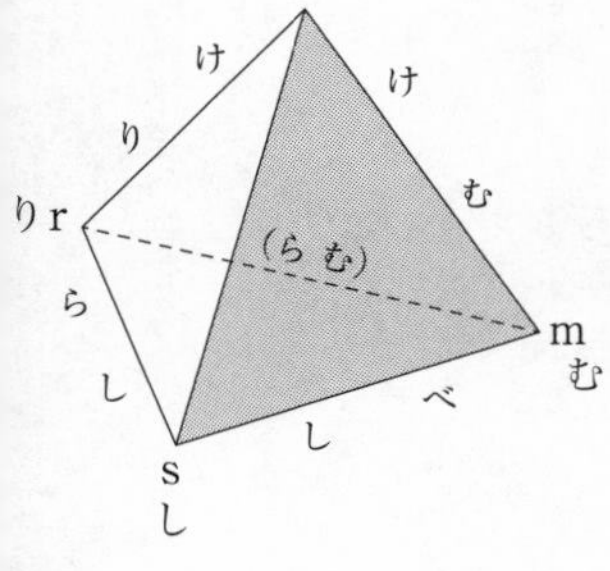

る。非常に体系的なものが提示されてきたと感じています。それからさらに、『文法的詩学その動態』では、助詞ならざる「助辞」から全体をもう一度、初歩的な文法の大系でみてらっしゃいます。

まず、なぜやはり「は」と「が」の問題から始まってしまうのか、というところからお話ししていただけますか。

2 三上章の特集号

藤井 二〇〇六年の『季刊 iichiko』三上章の特集号（「日本語の文化学」92号）できっかけを与えていただきました。「は」と「が」とは三上が取り組んだ問題です。『文法的詩学』はそこがまとめてゆく上での入口になったかなと思いますね。

三上の場合は、「主格」と「主題」と「主語」の三つに分けます。これはだいじなアイデアだと思います。私もそれにかなり時間をかけて取り組んできました。

「主格」について、英語と日本語とで考えると、英語には性数の一致と格との関係がありますから、主格を避けて通れない。それに対して三上が、日本語は主格が必要ないように言うのですが、でも日本語に格助辞があるのをどう考えるか。

古典の場合は、「が」がなくても、主格となる語を文中に明示するということをやりますから、主格抜きには語れない。そのへんで三上を批判する入射角が一つ、できました。nominative case の問題ですよね。

「主題」、themeについては、三上の場合、一番中心になってくるそれを佐久間から持ち込んで来ている。それも私は決してノーと言いませんが、古典から見て、題目を提示する、主題性を支える「は」がいくつぐらいあるかというと、三割ぐらいです。三割でどこまで言えるか、三上へ、やや違和感が残るわけです。つまり、古典からいけば七割ぐらいはさまざまな「は」があるのだから、それらを包括的に説明できる何かがほしいです。佐久間批判にもなるのであって、私としては、待てよということで保留させていただく。

最後に残る「主語」について、三上はこれも要らないと言っている。主語無用論です。しかし、たしかに「主語という言葉」はなくていいけれども、私としてはsubjectを拾いたい。現代語で考えると、日本語の全体像は、古典からすると外側にずっと広がっているわけです。非自立語＝機能語の世界に、実は我々が言葉を発するときの主体がある。それは捨てられないのではないか。三上の捨てた「主語」が、この本の中では機能語の主体として生き返っている。そんな見通しになるんじゃないかなと自分では思います。

山本　「には」とか「をば」とか「へは」などを「は」の領域で全部くくられていますよね。それが口語的な観点からすると、驚きでした。「は」との関係はどういうものなのですか。

藤井　先ほど三割と言いましたように、残る七割に今の「をば」「には」などが全部入ってきます。それらを無視しないでやってみようと考えました。古典語といっても、助辞のたぐいは数千年ものあいだ日本語の中で生き延びるわけだから、現代に持って来てもかまわないわけですよね。「〜では」とか、全部包括的に「は」を考えると、非常に強い助辞として、どこにでも出てきて微妙なニュアンスを作ってくれたり、機能語として全て何かを働かせたりしています。「〜をば」と言ったときには、「を」のあとに「は」がついている。題目ではないですね。「を」のあとにどうして「は」＝「ば」が要るのか。現代語でも「をば」っていう言い方は生きていますよね。千年や二千年超えて生きてきたこの「ば」あるいは「は」、これの強さというのかな、助辞として生き長らえてきた生命力のようなものを感じます。

「は」と「が」との区別というのは、私の場合、「は」と「が」とを区別するよりは、「が」の上に「は」が乗っかってきたら、「が」をなきものにするというか、どうでもよくしてしまうような、「は」の強さを「が」との関係で特に述べてみたかったのです。「に」と「は」とが一緒に並んで使われるというような、それら一つひとつがおもしろいので、好んでそれを全部取り上げてみたんです。

山本　「は」「が」論争は非常に不毛だという感じがしていました。ですから、「をば」「とは」「には」といった形で「は」を非常に広くつかむということから、「は」の問題を考えるというふうにすればいいのだということが、一つ非常に大きなヒントになりました。それを「日本語に主語がない」という別な言い方をもできますが、主体や主語という概念空間を無意識に持っていると、日本語はつかめないんじゃないか。別な言い方をすると、主語のない述語の概念空間と、「主」という形で設定される概念空間は全然別なものだ、という領域を、藤井さんは開かれていると見ています。

つまり、主語と述語をペアにするのは「主語の概念空間」の論理の発想で、一方で主はないという別の概念空間がある。これを決定しているのが、助動辞であり助辞であり、その助動辞と助辞とくっついている活用の世界です。ですが主語の論理でいくと、フランス語もスペイン語もそうですけれども、人称によって動詞が変化してくる。これは主語の論理側の一番の基本です。それに対して、述語の側の論理は、人称によって動詞は変化しない。むしろ、助動辞との関係で動詞は変化してくる。というふうに、これは概念空間が全然別なんだということを、私は藤井さんから学んだつもりです。

この「は」を「をは」や「とは」、「には」というふうに見るということは、こちらの「述語制の概念空間」の場を設定したことになります。その「は」と「が」をいじくりまわすのは、主語の概念空間にとらわれている論理なのです。となると「は」は主格補語ではないというふうになってくる。ここは結構だいじなところですね。

藤井　山本さんが言われたことはほぼその通りだと思うとともに、考えをもうひとひねりすると出てくる問題があるような気がします。

山本さんの言われる主語のある空間とは、私の言葉に言い換えれば、やはり主格の世界かな。文法的に言うと、nominative なことではあろうと思います。だから、それは論理的構造をもって、たとえば、論文を書いたり、何かを伝達したりするときに必要な論理的空間ですよね。そこで、山本さんはそれに対応する「述語制」というのを持ってこられる。その述語の中にも助辞や助動辞は必要ですよね。

山本　逆で、助辞や助動辞が述語制の論理の世界の要です。主語の側はそれを要にはしない。こう考えるようになったきっかけは、藤井さんとの『源氏物語』についての論稿を英訳したときに、「何々人来りて」というところで、これを複数形か単数形かと英訳者が尋ねた際、藤井さんは間髪入れずに、「複数でありかつ単数だ」とおっしゃったことです。その英訳者はネイティブな米国人でしたが「そんなことは絶対にありえない」と言っていました。

そのときに、日本語が複数と単数の区別を必要としない別の概念空間にあるんだということに気付いたのです。「主語の論理」からすると、彼が言ったように、絶対そんなことはありえない。でも、日本語からすると、それは複数でありかつ単数なんだということがありえる。

さらにその次に衝撃的だったのが、時制がないことです。『源氏物語』はすべて現在形で書かれているという藤井さんの指摘が、これも衝撃的で。ということは、冷静に考えてみると、日本語の中に過去形として客観的に固定されるものはない。

過去の問題はまた助動辞で別になりますが、口語で単純に「た」を過去と言えないようなケースが出てきたりして（問題をだして、「この問題が解った人は手をあげてください」とは未来のことになります）、述語制の論理は、要するに時を中心にしない概念だというふうに気づいたのです。

つまり、主語制の論理の中では時制をきちんと峻別しなければならず、主体を決めなければいけない。この厳密論理が西欧哲学の中で近代において進行していったのです。日本語は、その論理性とは全く別な論理構造を持っていた、というふうに見ることができました。この世界を、あらためて明証に「藤井文法的詩学」は切り開いたんだというのが私の認識です。

と言うのも、ノミネイティブはやっぱり「主」じゃないんですよ。「名付ける」です、ノミネイトするだから、この中からこれをノミネイトして、引っ張り出して、その後、統辞的に主格であるかのようにするのがノミネイトの仕方ではないでしょうか。西田幾多郎の述語制から主語が出てくるという構図ですね、これがノミネイティブの意味作用だとみなします。だけど、西欧の論理は、ノミネイティブはもうサブジェクト subject だという形で、単称名辞を先に立ててくる。だけど、昔サブジェクトは逆だったんです、「従」だったんです、sub- ですから。「主」じゃなかった。それが近代の中で主になった。つまり英語のほうでさえ、「主」という意味は無い、nominative であり、sub-ject です、「主」などの概念性はないです。Subject が「主語・主体」であると概念性をもつと、主語に動詞を合わせなきゃいけないというロジックを必要とされていくわけですけれども、それは「動詞」の行為の行為主体が設定されていくことになる。日本語は助動辞の側からそれが、行為が決定されてくる。例えば、「けり」のほうから、その動詞の行為、さらにはそのノミネイティブな行為者が決まってくるというように、逆になると思うのです。これが krsm の体系のロジックで、そうでないと krsm の体系にならない。今までの助動辞の分類のわけのわからない世界にたいして、初めて、藤井さんの krsm によって、こんなにも助動辞って明解なのかというぐらいすっきりと体系立ちました。だからこれは、私の言い方だと、述語的助動辞体系が krsm 体系によって明確になった、と位置付けられるのです。

藤井　そうですね、山本さんの位置付けとしてはそうなるのだと思います。日本語から考えると、述語が必要なのです。今、西田の名前が出ましたように、述語から始める、それはその通りだと思います。英語やフランス語と日本語とは、違いがあるけれども、言語としての共通な何かがあって、それを複数の言語の中で対応させたり、特色を見つけたりすることで、言語とは何かという問題に行きたいと。だから、述語制と言われたのは、大賛成です。でも同時に、述語制は助辞や助動辞が支えているとしたら、さきほど主語制と言われた主格の世界にも格助辞があるし、それに、助辞で言えば副助辞や係助辞もついてくる。それから、いきなり助動辞がついてくる場合もあるし、というふうにして、助辞や助動辞という機能語が、主語制にも述語制にも出てくる。これをどうするかという問題があります。

山本　藤井さんが示されているように、A詞からB詞、そしてC辞の1と2。この構文論は、今まで見た構文論で一番明解です。A詞の自立語的な世界に対して、B詞の動態が出てきて、それでC辞ですね、C辞1の助辞とC辞2の助動辞という構成で、(何が)「何だ」という名詞文、(何が)「何である」という形容詞文、(何が)「どうする」の動詞文。主語を必要としない名詞文、形容詞文、動詞文、この三つになります。

3 助動辞の変化

山本　藤井さんは、ここでさらに明解にされているのは、活用形は全部助動辞との関係で構成されているのであり、活用を活用として分離するという仕方をとっていらっしゃらない。これは、私からいうと述語論理なのです。活用は主語に従属するのだというのは、主語制の論理です。活用があるということは、共通です。ですが、活用の仕方の組み立て方が、助動辞で決まるのか、主語で決まるのかの違いで、主語制言語と述語制言語は違うということになる。

藤井 日本語は、動詞や助動辞に見事に活用を持っている言語です。一方で、アイヌ語のように活用を持たないとされる言語があります。活用が大発達を遂げていると認識されていて、活用をいろいろ覚えることが語学だと考えられている欧米的な言語もあります。活用とは何かというときに、山田孝雄がぶつかった問題ですけれども、まさにそれは活用なのか、つまり活用語尾と考えるのか、それとも接尾語がくっついていると考えるのか。それによって、活用のあるなしというのは、どっちでもいいと言ったら怒られるけど、つまり、越えられるわけですよね。だから、活用の問題はあまり重視しないで、私は突破したい。

山本 つまり、そこで語尾があるなんていうことは無意味だとおっしゃっていると私は理解しています。それが述語制の論理です。一方、主語制は語尾は屈折する上でも、絶対的にだいじだというのが、主語制側の論理です。フーコーの『言葉と物』で、動詞の理論から「屈折の理論」へと明示されたことですが、命題形式が成立していく西欧近代言語の体系は「主語制の論理」になります。

私は非常に語学下手で、フランス語の活用を覚える気にもならず、全部不定法で話してしまいますが、これが通じるのです。「パンサール」もスペイン語読みで「ペンサール」と言っても、元がパンサールでもあるし、あなたがパンサールでもいいんだって、ちゃんと伝わるのです。つまり、活用なしに、とりあえず意味が語彙伝達でもいい。それがスペイン語の場合は逆にわたしは、自覚せずに必要な語の活用ができてしまう。英語だと、今度は逆に、三人称単数があるだけで活用はない。これ一体何なんだと考えたときに、述語制的言語は活用があるけれども、活用というものにそんなに重きを置かない。むしろ助動辞の変化が非常にいろんな意味をもたらすことになっている。だから、それが「行き」なのか「行かない」のか「行くだろう」になるかは、述語言語では動詞が決めるのではなくて、助動辞が決めている。それが主語言語は、「I/you/he/she, we/you/they」か「Je/tu/il, nous/vous/ils」というように主語の側が動詞の変化を決めていく。

藤井　主語、主格の持っている性格につまり格助辞があります。欧米に格助辞はないわけだから、それがあることは大きな日本語の特色です。それに対して、述語制というのは、助動辞が一つひとつ機能してくれて、何か言わんとする、この思いを含めて意志や情感をとにかく伝えようと必死になる。助動辞の仕事といわれてみれば、本当にその通りだと思いますね。だから、性格とか仕事とかいうふうに今私は言いましたけど、主語制からも述語制からも助辞や助動辞が攻め入ったり働いたりするのではないでしょうか。

4　助辞の三角形

山本　「格」はケース case です。case を「格」と訳すことが、実は疑問です。ケースは「場合」だから、「の」格ではなくて、「の」という場合。「と」格ではなくて、「と」という場合。そういう「場合に」応じて、「の」になったり「へ」になったり、「と」になったり、「に」になったりというのが case で、それを「格」としたから、いろんな間違いが起きているのではないかという気がします。

藤井　日本語のターム、術語のことは、絶えず悩ましい問題です。私は、絶えず傍らにね、格というときも case という、術語、タームを置いて、両方から立ち上ってくるようにしたいと思っています。

だから「場合」という言い方をすることにも反対しません。術語、タームだから、どうでもいいやっていうことでもあります。「が」格とか「を」格とか「へ」格と言い方をこの本の中でしていますが、格という言葉を使うのは、言語学は欧米の言語学、フレームででてきているので、それと別のものを立てるよりは、使えるところは使いたいからです。必要なのは「が」格でしょうか。あとの分類は、「を」格、「へ」格、「にも」格。その他は「より」「にて」など、どこに入るかわからないような曖昧領域がたくさん出てきます。格かどうかで自分の中では議論しますけど、その曖昧領域が残ってしまいます。

それから、さっきの krsm 四角形のあとに、助辞の三角形を二つ並べる図を作ってみました。〔図3参照〕

山本　これが手前みそですが、私の述語論理体系にぴったりと合うんです。というのは、格助辞は、これは「述語

図3

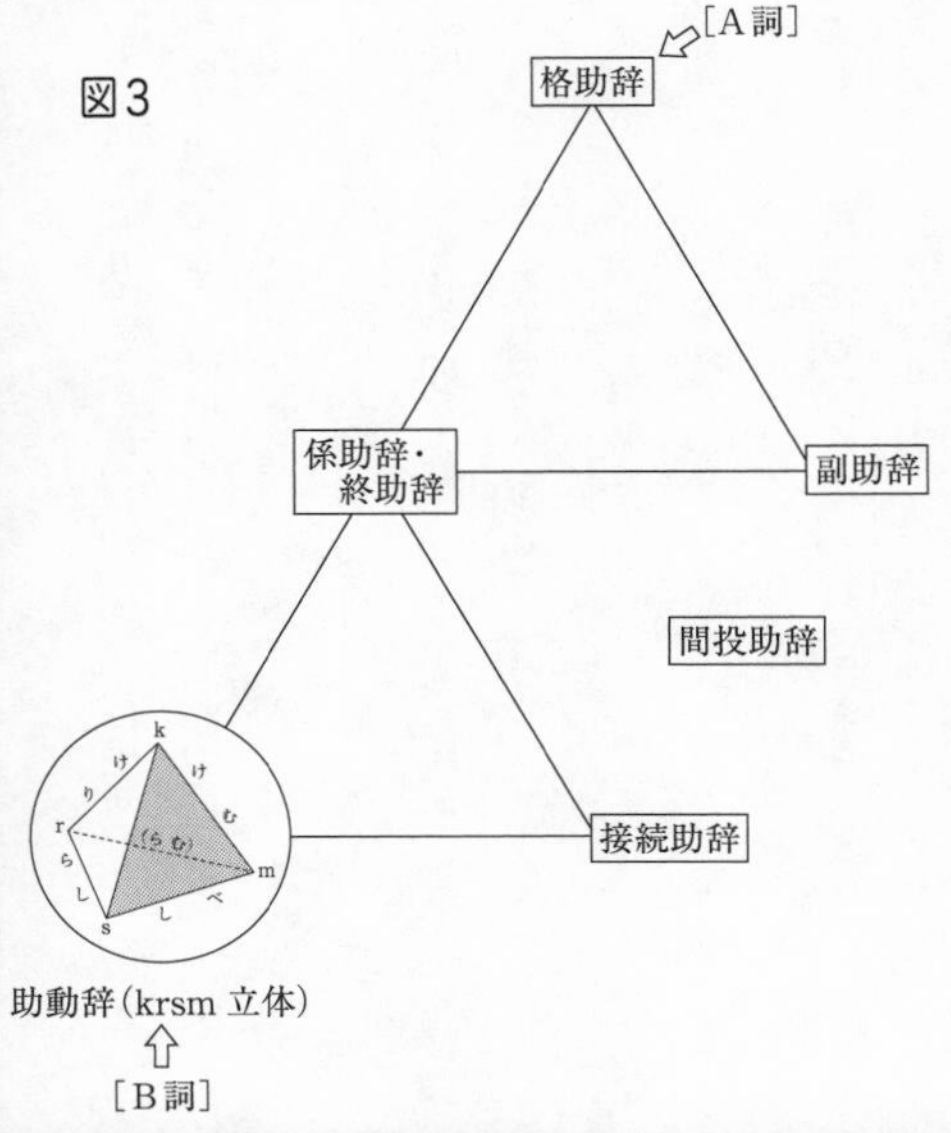

関係」なんですよね。それで、係助辞はそのままでいいと。終助辞は、藤井さんが言っているように絶対これ「現前形」。終助辞ではなくて「現前辞」のほうが絶対に本分だと思います。副助辞は、「述語的心の向かい」「述語的心向」。それを藤井さんが感動に感化するものだっていうふうにおっしゃられたところからヒントを得て、そうなったんです。接続助辞は、これ述語をつなぐ「述繫」。「関係」と、「心の傾向」と、それから「現前形」と、そして、それをつないでいく「述繫辞」。それが述語の体系のベースで、これをkrsm四角形がきちっと抑える。そして、A詞とB詞がそこに位置づく。これが述語論です、というふうに。

5 山田孝雄、時枝誠記

山本 今日お話を聞いていて、藤井さんは山田文法的位置にいるのかなと思いました。つまり、主語的なものの概念空間と述語的なものの概念空間の両方の領域を背負われて、両方でどっちへ行くかお前たちで決めろというような。文語と口語との関係の中での、文語の側からそういうふうに位置づけてくれたのがこの本なのかなと感じたのです。

藤井 山田ともある時期、格闘したことがあります。この本でもいくらか言及していまして、彼が常に見せてくれるのは二元的構造です。伝統文法から持ってきた考え方と、彼が欧米的な言語から学んださまざまな言語学的な知識と。『日本文法論』というのは大きな規模で論述されています。しかし、なかなかくっつくわけない両面を、何か特殊なボンドで合体させてゆく。ちょっと分け入ってみれば、山田のあの本の中身はもう本当に二元的というか、助辞と助動辞とにしても扱いが違います。日本語が固有な言語だと言っている一方で、その説明の仕方は何か欧米のH・スイートだとか、そういうのをただひたすら持ち込んで論述しているのです。そういう二元的構造が山田の特色というか、弱点というか。私がやはり日本語から立ち上げながら、欧米的な言語のフレームも大切だと考えているとすると、山田に似て二元的で分裂しているかのように山本さんが読んだとしたら、それはその通りでしょう。たかだか近代百年の間、松下や時枝らの取り組みにもかかわらず、その二元的な構造がまだ克服されてない段階だという現実なのだと思います。

山本　いえ、藤井さんが山田次元にあるというのではなくて、私は山田の『日本文法論』を読んでびっくりしたのです、表象体系と近代体系とをかかえこんでいる、接着の仕方は大いなる不満をおぼえますが、最初は適当に処理しようと思ったのですが、こんなに矛盾と問題点を入れ込んでいるところに、素直に言語論上の問題が全部浮上してくる。ところが時枝は、これを全部擬似的ラングの論理への世界へ、秩序立てて、論理化して、言説体系を構築してしまう。構築したときに、私から見ると、見事な嘘八百の世界がある意味で完璧な論述体系としてできあがっている。山田批判をする時枝が、逆に陳腐に見えてしまう。どういうことかというと、藤井さんがこれだけの古典をちゃんと抱え込んだ上で、これまでのでためな日本語文法大系の蓄積をもきちんと一定程度踏まえながら、それを整理して再提示される際に、きっと両方の問題点も全部抱え込まれたんだろうと思ったのです。ですから、藤井さんという漏斗によって、非常にぐちゃぐちゃだったものがすーっとろ過されて、ここのポイントだけ考えればいいということが明解に出てきた。そんな感じです。山田文法が浄化されて、別な深い次元で藤井さんによって提示された。ここから本格的な日本文法論が始まるんだと思うのです。

藤井　時枝誠記には、ずっと取り組んできました。この五十年ほど、下手に時枝の名前を出すと世の中のアンチ時枝派から袋叩きに会うような時代だったので、時枝の名前を出すのがなかなか難しい状況だった。そんな中でも時枝から学べることは掬いとりたいという、そういう念願はずっとありました。マラソンで縦一列で走っているとすると、ずっと時枝の後ろにいたわけです。私にとっては、時枝の後ろを走り続けていたのが、あるとき背中をとらえた。だんだん近付いていって横に並ぶ瞬間は非常に緊張して、時間が凝縮するときだと思います。まさに時枝について論考を書いていたときがその時期だと思います。それが、ハッと気が付いたら、時枝さんが後ろへ行っちゃってたという感じで。振り返って、時枝さんのやってきたことが一挙に見えた。非難じゃないですよ、大変な恩恵は感じているから。ただやはり、時枝さんは学校文法ですよね。

山本　そうですよね。

藤井　最初は私も、学校文法と時枝文法とは対立すると思っていた。私自身、一面で国語教育に関わってきた立場として、高校生をいじめたりしているだけの学校文法を何とかしたいという思いがずっとありました。それを解決するのは、時枝ではないかなとか思ってきたのです。確かに、時枝は伝統的な文法に乗ることによって、学校文法の批判をできるところまでやりました。それが最近よく見えてきました。だから、時枝文法と学校文法とのあいだにある、一つの修整点みたいなのを明らかにしていけば、そのあたりはもう乗り越えられるという気がしています。時枝の入れ子型構造はたしかに学校文法での「文節」と対立する。でも決定的な対立を見るよりは、どうでしょう、学校文法の修整点を明らかにする上で時枝文法が大いに力を揮うでしょう。

山本　時枝の場合は、藤井さんも指摘されている対象語格などは、理論側からするとこんないいかげんなことやめてよとなります。藤井さんも文法的な点から丁寧に批判されているんですけれども。時枝というのは、論理の「一般性」を立てる達人なのです。差異や反復といった世界を非常に抽象化して、ある主体と、単純に言えば主体と客体の世界にすぽんと入れて、「論理一般性」を普遍であるかのように偽装できる。ある意味ではものすごい優等生です。でもそれは嘘なのです。外部の者から見たら、稚拙なロジックの組み立てなんですね。それに対して、藤井さんは丁寧に言葉自体にお付き合いしながら、そこのところをちゃんと丁寧に乗り越えている。明確な時枝批判をされていると思うのです。

6　人称をめぐり

山本　ただ、そこでひとつ引きずられているのが、「主格の問題」です。ですが藤井さんは、人称のところで気づかれた、「第四人称」です。物語の中の「は」はいったい誰かということです。それは、第四人称かゼロ人称かっていう形で提示されているところに、はっきり出ていると思います。これは藤井さんでなければ、明示できなかったでしょう。

主語制の論理はすごく単純なのです。語られたことのそこの中における主体と、語っている主体が一致しなければいけない、という論理です。そうでないとそれは嘘の話になってしまう。

述語制はそうではなくて、そこに別の人称、語り手を入れて、その人称の側から語らせて、これが行ったり来たりする。その読み手と語り手と、書き手とがいろんな相互関係におかれて起きてくるという述語表象を可能にする。そういうふうに見るんです。

藤井 人称の考え方というのはやはり、突破口としてどこかで必要だったので、導入しました。ヒントはアイヌ語の四人称です。先ほども言いましたが、アイヌ語は活用を持たない言語です。でも、活用のない動詞に人称接辞をくっつけるのです。これは活用じゃないのか。アイヌ語学の方は、言われてみればそれは活用かもしれないと言います。人称を持つことで活用になっているという考え方もできるわけですよ。だから、活用の問題と人称の問題というのは、欧米でも同じく表裏の問題なのです。アイヌ語でその問題が出てくるのだから、恐らく日本語でそれを考える普遍性があるというか、考える有効性はあるんじゃないか。そこまでは何とか言えたと思いますね。

山本 西欧では、そこに一番取り組んでいるのはバンヴェニストだと思います。「私とあなた」とのところは「人称」だ。だけど、第三人称は人称じゃない。そのときに「私とあなた」というのは、サブジェクト間のコリレーションだ、だけど、「私と彼」との関係はパーソナリティのコリレーションだと識別しています。バンヴェニストは主体と人称との関係との違いを識別しているんです。それが何を意味するかというと、西欧言語は、主体というものを言語的に設定するとき、「人称という次元」を「主体という次元」から切り離して、人称という言語体系世界を客観化し総合化しないと、物ごとが成り立たないんだ、ということの自覚だと思います。主語・主観・主体から切り離されたその人称の世界を客観総合化するのではなく、藤井さんはここで『源氏物語』の中の語り手と読み手の世界でつかんでらっしゃる。それは今言ったように、主体の問題ではない。人称間の非常に複雑な述語的表現の世界の問題なんだ、となるんですよね。

藤井　そうですね。欧米の言語学の方は、欧米の言語は一人称、二人称、三人称だから、それを乗り越え、人称が持つ問題に気が付くまでに大いに苦労されたと思います。だからその点、バンヴェニストは偉いなと思います。でも、一、二人称と三人称とが完全に分かれているような、三人称を独立させられない言語は、世界にはごく当たり前にある。その言語体系のなかで生まれた言語学者にとっては、ごく当たり前のことです。だから、欧米のフレームを使っても縛られることなく、それが無理だったら、やめてアイヌ語ならアイヌ語でやろうというふうに、欧米の言語学のフレームを我々はときに逸脱してもいいんじゃないかということはありますよね。

山本　この本に「ゼロ人称」が出て来ます。第四人称あたりまではわかるんですけれども、ゼロ人称となると、えっ、藤井さんは何をつかもうとされたのかなという。

藤井　『源氏物語』や『万葉集』というような、古典的な日本語の広がりがあります。共時的な広がりもだいじですが、通時的に二千年、三千年ぐらいまでは日本語だっただろうと考えられます。薄暗がりの奥に、日本語のエリアが裾野のようにずっと広がっているのです。その闇の中から、だんだん言語が明るみに出て来る。クリアになってくる。言語学者にとってだけじゃなく、縄文時代人、弥生時代人、古典時代から現代へ至る中で、言語はだんだん文法化するプロセスがありました。元になっている大きな広がりの中では、何かあえて名前をつければゼロ人称的な在り方が広がっていて、それを今の文法体系では無視するけれども、でもその在り方が助辞、助動辞を支えている。あえて言うならば、それが私にとってのサブジェクトだと思うのです。

山本　それがサブジェクトではなくて、述語なんですよ(笑)。

藤井　ええ、論争になるのでなくて、むしろ共通点になっていくと思うんですよね。

山本　論争ではなくて、藤井さんの本を読むと述語論ですよね、主語論じゃなくて。

藤井　そうですよね、述語的世界からはいります。

山本　だから、そこのゼロ人称とおっしゃられているところが、まさに人称ではない、述語の舞台なんです。それが主語の舞台になってくると、人称がひょこひょこ顔を出し始める(笑)。

藤井　山本さんは最初からずっと「述語的世界」とおっしゃってますしね。西田を視野にいれたときもそうでした。述語制とまとめられていったプロセスというのは、私もよく納得しております。ただ、日本語の広がりをどう扱えばよいのか。時枝はさっき言われた通りで、あまりテクストに分けいる感じではないですよね。自分に都合のいいテクストで織り成して時枝言語学というのはできてゆくわけですから。実際にこの事例はどうなの、この用例はどうなの、と問いたくなる。物語の中の主人公たちが、何か論理的に言っているようにみえて、実は異様に情感的な感じでいるらしい。何か別のことを言おうとしているのではないかと考えられるような物語の中の主人公たち。そういうわけのわからなさを、文法として切り捨てずに、拾えるだけ拾おうとすると、ゼロ人称のような何ものかを導入するとよいのかと考えたわけです。

山本　そこを「述語称」とかですね、述語的概念としてぜひ語っていただきたいです。というのも、ゼロとすると、やはり客体化されてしまうのです。

藤井　それはそうですよね。何とか客体化しようとしている。

山本　私から言わせると、藤井さんのロジックは客体化のロジックではないのです。客体化したら失われてしまうぞ、ということをずっと警告されている論述だと感じています。

藤井　それはそうです。助辞も助動辞も、そのテクストの中でしか生きられないわけだから。テクストの外に出たら死んじゃうわけですからね。

山本　それが、「述語的世界から外へ出たら、言語なんて死んじゃうぞ」ということです。それが主語的言語になり、客観から言語の体系化がなされる、言語が何か科学的に解明される。その西欧的ロジックです。だけど、藤井さんはダメだとおっしゃられている。

藤井　いや、言っていることは同じですよ、それは。まさに。

山本　その中で、このkrsm四辺形が要だと思います。これとkrsm立体との関係がつかめなかったんですけれども。ここのところをもうちょっとご説明いただけますか。

藤井　立体形で書いても、水平にして、見方を変えたらぺちゃんこ、平面でしょう。

山本　それがまさに述語制です！　だから、客観からすると四面体と四辺形は違うけれども、こう見たら同じでしょというのが、述語体系なのですね。

藤井　あと三つか四つかぐらい補助線を入れて、何かもっと複雑になるのではないかとか考えてみたいのですが。

山本　トポロジックになるんじゃないですかね(笑)。

藤井　コンピューターグラフィックのようにして、これをクルクルクルッと回して動画にしてみたりね。推量的な考えになっているときは推量が前面に出るようクルッとまわるような動画が作れないかなと思ったりしているのですが。

日本語ネイティブだけではなしに、欧米の人でも、あらゆる言語が、頭の中でこういった自分たちの体系を持っていると思うんですよね。脳の中でこれがクルクルクルッとまわっている。たとえば眼の前の人が、日本語ではなくてアラビア語のネイティブだったとしても、その人の頭の中でこれがクルクルッとまわりながら話をしている。言語が違っても、人類としての共通の何かを示し合えば会話ができるのではないか。

多くの場合、英語という一つの国際語でそれを行うかもしれないけれど、英語を媒介にしてアラビア語と日本語とが話をするときでも、一種の翻訳システムを使って、ここに二人の間で大きな krsm 立体あるいは四辺形ができて、それをクルクル回しながらしゃべってる。何かそういう言語システムのイメージなのです。

7 krsm 体系

山本 ある種の現前的状態というのですか、それが、推量的な領域に入って、時制がなくて「き」という過去が出てくる。これはどういうふうに考えればいいのですか?
藤井 「き」を上辺に持ってきて、これは日本語が助動辞を使って時制をあらわすと考えれば、私は過去でいいと思うんですね。だから、過去は「き」を使えばそこにあると。ただ、英語のように活用変化ではないから、付加するわけです。付加しているかいないかの差は大きいと思います。「き」を使うかどうかによって、強調や積極性が出てくるということはあると思います。だから上辺の「き」が一応、だいじな助動辞で、左側に現前形としての「あり」を持ってくる。
単に模式的にこうなっているのではなく、音韻的に言えるというのが、私の言いたいことなんですね。この音韻が成り立つためには、「き」に連用形を認めなければいけないという発見があります。「き」を上辺に、左側に「あり」を置くと（「り」と「あり」とは同じ）、その間に「けり」が生まれる。ki-ari で keri となる。i-a というのは音韻的には e になります。だから、音韻としても「けり」が出てくるというのでいいのではないかと。その場合、「あり」と連動するためには、学校文法的に言うと、連用形、つまり用言に連用する。学校文法では普通、「き」に連用形がないことになっているんです。「せ・〇・き・し・しか・〇」というようなパラダイムになっていて、「〇」というのは「ない」ということですけれども、「ない」のではなくて、ki という連用形を認めてしまえば突破できることですよね。だから、活用形を動かすというおもしろさも出てくると思います。

右上の「けむ」、左下の「らし」、それから真ん中の「らむ」とか、すべて音韻的に説明できるので、ああこれはおもしろいな、と思いました。ただ、私は国語学者じゃないし、こういうのを創り出す構造主義者でもない、やはりテクストを読んでゆく中で考えるわけですね。「き」と「あり」とから「けり」という斜めの線が出る、この一本のラインを引くのに一年かかりました。これらの線を、一本一年ずつかけて確かめていったような作業です。だから、かなり自信があるというか、裏はとっているというつもりです。

難しいのが、右下の「べし」ですね。「べし」は、右辺が推量の「む」、下辺が「あし」（形容詞の語尾）だから、「まし」を入れたくなる。「まし」という助動辞は、それこそ「き」の已然形に「しか」という活用形があって、「まし」の已然形「ましか」と、同じ形になります。口語からは完全に消えた不思議な助動辞で、私はうまく把むことができなかった。最初は「む」と「あし」なら「まし」でしょうと簡単に考えてしまった。でもやはりおかしい。「まし」は仮定的な過去を持ち込んでいるのです。これは、欧米の言語でも同様で、仮定的な過去で表現しますよね。日本語でも同じです。ここが最後の関所でした。最終的に「べし」を入れました。

8 八本足図の「あり」

山本 「あり」を中心とした放射状のこれは何なのですか？［図4参照］

藤井 これは要するに、また書き換えたのに過ぎないと言えばそうなのですが。「あり」を中心にした最新の絵で、動かしてゆくと、タコ足のように八本足が出てきて、全部「あり」とくっつくのです。先ほどの、上で言うと「き」と「あり」との間に「けり」がありますよね。同じことが、右から時計回りに言うと、zu（ず）、t-、k-、n-、tu（つ）、な（音）、ま（目）そしてki（き）という八種類の、できあがっている助動辞よりももう一つ前の、作る材料みたいな要素が並びます。それと「あり」とがこういう形で結びつくんだという、このタコ足はまた、ほかの要素を中心部分に持ってくればまた広がっていきます。

だから、機能語というのは孤立しているのではなくて、いつでも隣り合わせで機能するという、そういうことじゃないかなと。それを絵にしてみました。

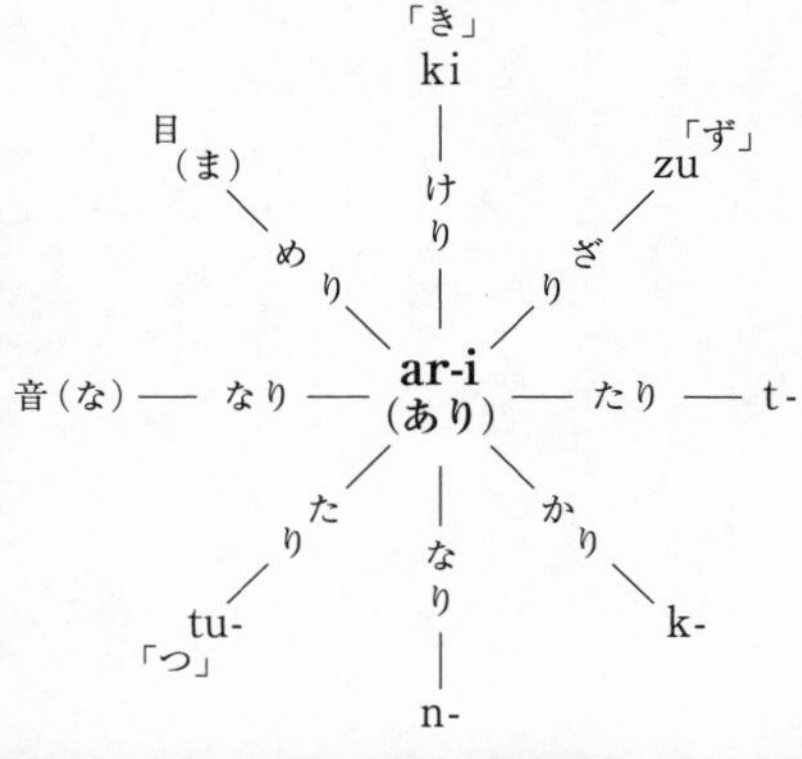

図4

さらに発展形とか、もっと新たな形態が出てきてもいいですよね。言語はまだまだこれからでしょう。

山本　と思いますね。松下文法がとてもふまえられているとおもえないし、佐久間が哲学的に文法言語論への批判をなしたことが、日本哲学者たちに自覚もされていないで、西欧哲学書の翻訳が言語論省察なしに普及されてしまっています。日本語が対象化されていない日本哲学者たちの怠慢はあまりにひどすぎます。

藤井　私なんか日本語ネイティブですけども、山本さんは広いところから見ておられるから。私は日本語とアイヌ語、朝鮮語を少しと、それに沖縄語といった隣接語、身近なところで四苦八苦している段階です。だから、フランス語に堪能な金谷さんのような意見が出てくれば耳を傾けますし、これからも出てくる新しい考え方が、とくに未知の方から出てきたら、それは耳を傾けていきたいと思っています。

山本　品詞だ単語だという文法的な言説世界と、言語の理論世界というのは、全く別だと思います。文法言説は、とくに学校文法はひどい状態です。そんな言語理論と文法理論との関係取りのところで、時枝的に変なのが出てしまった。そこにやっと藤井さんの文法、まさに「文法的詩学」がしっかりした古典語をふまえて登場した。言語理論の側から文法の整理がやっとすっきり見えてきた。krsm がそこにポンとすわったっていう感じです。

自立語の問題

山本　今度は次の問題として、自立語が概念を持つというのは本当にそうだろうか、となります。やはり自立語も、辞と結びついて初めて概念が決まってくるのではないか。山なら山という文字があるだけで、「山が」「山と」や「山なり」など、辞と、助辞、助動辞と結びつくことで概念が形成されてくる。こうした概念論を持ってこないといけないのではないでしょうか。要するにソシュール的なものではやはりダメだと思うんですよね。このあたりはどうでしょうか。

藤井　ともあれ、時枝さんははっきり言って、意味語と機能語と、自立語と非自立語と、つまり意味と機能という分け方が曖昧なんですよね。決定的な時枝さんの限界というのは、そこにあるわけです。だから、何とかして、私は意味語と機能語とを分けることで、時枝さんの詞と辞とをクリアにしたかった。時枝は概念語というか、概念過程を考えるわけですけれども、その概念を助辞や助動辞が支えてゆく、そのギリギリのところを考えるうえで、私は苦し紛れだけれど、〝接合子〟を仮に考えたわけです。これは、いわば湯川秀樹の中間子のように原子核を結びつけていくエネルギーで、本当にあるのかわかりませんが。ソシュールじゃないけれども、原子核理論や、あるいは遺伝子理論のような遺伝子情報の最終形態に、言語も類推させたらいいのではないか。〝接合子〟はつまりパッサージュ、通路ですよね。通路ができれば、助動辞や助辞の中にある情念やなんかが、パッサージュとして入り込むし、逆に自立語的世界の主語制と言われたけれど、その中の何者かがパッサージュを通るという、交換システムが成り立つ。そんなことを楽しげに考えることはできると思うんですけど。

山本　そこが言語化＝理論化されていないのが、述語制理論の可能性の場所ですよね。そこのところを今までは、私の言い方だと、主語制の、あるいは客観化の論理でもって語ってしまっている。それを藤井さんがそこの接合子だとかゼロ人称だとかで説明された。

藤井　苦し紛れだけれど、それは山本さんの言う通り、なおかつ、ちょっと言語化したいという思いでしょう。

山本　そこを論理化、理論化することが西欧的言語理論を越えていくのですね。同時に普遍に近付きうる言語理論として。西欧言語なんていうのはほんの片隅の言語です、しかし対象化・客観化の論理は緻密です、しかし注意深く見ると、「主語」「主体」と言った途端に論理飛躍してしまっています、別次元のことをいっているのに、主体化してしまう。マルクスでさえ、資本／労働関係のことを論述しているのに「資本家／労働者」の人格主体関係へと混同して論述してしまいます。この暗黙の飛躍の対象化に近付くことを、構造主義的論理ではなく、日本語の述語理論からの探究として開いていかねばならない、そこが世界貢献の決定的なところだと思います。それができると、まさにkrsmの世界で、CGを超える、つまりコンピュータの技術（論理）体系さえこえていける、根本的に言語体系の基本が変わるほどの効果が出てくると思います。

藤井　それはそう思いますね。コンピュータの中の言語というのは、何か非常に意味を簡略化してパッと翻訳できるようにしてある。便利かもしれないけれど、我々の言語はもっと野蛮なところで待っているというか、生きていますからね。その野蛮性を取り戻したい気持ちがあります。だから、欧米の言語は確かにちょっとローカリティの限界があるから、もっと普遍言語みたいな言語で考察できたらな、という感じはありますね。

山本　それを藤井さんは駅員のアナウンスを用いた「あけがたには」という詩で挙げていますね。これは本当のできごとだったのですか？

「あけがたには」
夜汽車のなかを風が吹いていました
ふしぎな車内放送が風をつたって聞こえます
……よこはまには、二十三時五十三分
とつかが、零時五分
おおふな、零時十二分
ふじさわは、零時十七分
つじどうに、零時二十一分
ちがさきへ、零時二十五分
ひらつかで、零時三十一分
おおいそを、零時三十五分
にのみやでは、零時四十一分

こうづちゃく、零時四十五分
かものみやが、零時四十九分
おだわらを、零時五十三分
…………
ああ、この乗務車掌さんはわたしだ、日本語を
苦しんでいる、いや、日本語で苦しんでいる
日本語が、苦しんでいる
わたくしは眼を抑えてちいさくなっていました
あけがたには、なごやにつきます

（のちに『ピューリファイ！』所収）

藤井　そのころ大船（鎌倉市）に住んでいて、東京駅から乗って、夜中のことで眠くて夢うつつだったから、実際にはどうだったか、こんな感じの放送だろうという再構成で、はっきり言えるかどうか、責任は持てません。

山本　ああ、やっぱり創作なんですね。あまりにも見事だから。「助辞をどうとでも使い分けて、いろいろ言える」んですよね。どうして日本人は日本語を、言語それ自体を対象化もしてないのにつかえるん

でしょうか？　しかも、かなり正確に。

藤井　正確だと思いますね。正確さというのは、言語が持っている普遍性、本当に普遍性かどうかは別として、普遍性を信じるところからやっていくしかないという面があるんじゃないですかね。

10 神話、古代歌謡

藤井　古典文学や古代文学、もっと古くだと昔話や神話、神話的世界、さらに原型となる原神話がありますが、それらをどんな日本語が伝えてきたのか。『源氏物語』や『万葉集』の広がり、さらに引用してくださった「あけがたには」など、特に詩的言語の世界は古典から現代までかなりの広がりを持っています。そういう広がりは共時的にも通時的にもどんどん遡らせていいのではないか。たとえば、ソシュールなんかがベースにしたインド・ヨーロッパ語は、数千年が視野に入ってきます。日本語の場合、そうした比較言語を考えると、なかなか視野が広がらない。たとえば、朝鮮語と日本語とだって基礎的な語彙では随分違います。

インド・ヨーロッパ言語研究は大成功を遂げていますが、ああいった比較言語学のほとんどを作り出しているソシュール的な言語学の世界から見たら、日本語は比較する相手がいないですね。ですが、昔話や神話に断片的に表出される、弥生時代や古墳時代の生活、習俗、それらは言語として残っているんじゃないか。そういう広がりを遡っていけば、ヨーロッパ言語が持っていたような遡り方とは違うけれども、日本語でも数千年単位の広がりを持つ遡り方ができないか。日本語のみならず、アジア諸国の言語についても立ち上げることができる。非ヨーロッパ、非英語圏の言語の可能性はまだまだです。みんなで夢を持ちながらやっていけば、不可能ではないんじゃないですかね。

山本　そのときに、確か藤井さんの古事記論で読んだのですが、『古事記』に引用されている歌謡の部分が、古事記の文章言語とは次元が違ったところでの言語だと指摘されていました。この本でも、あちこちで引用されています。そこにおける断層といいますか、これはどんなものなのですか？

藤井　今は放射性炭素年代測定というのがあって、縄文時代や弥生時代はもちろん、随分遠くまで手が届くようになってきています。たとえば弥生時代は、紀元前一〇〇〇年ぐらいから、「邪馬台」国の時代、紀元二、三世紀ぐらいまで、千年以上の流れが見えてくるわけです。今まで数百年程度だったのが、千年以上見えてくるのはありがたいことです。『古事記』の中巻あたりに書いてある、神武天皇のときの記事などの信憑性と創作性ですよね。この記事はだいじな問題だとか、これは嘘八百だとか、区分けしていくことが可能になってきています。

その区分けの中で、古代歌謡の久米歌が神武天皇記のところに差し込まれているわけですけれども、久米歌がもしなかったら、神武天皇「カムヤマトイハレビコ」の話なんかは単なる伝承として終わる。それが、久米歌というリアルな古代歌謡がそこに差し挟まれていることで、断片的であるにしても、『古事記』の「カムヤマトハレビコ」が大和中央へやってきて、征服王朝を作り出したというリアリティが出てくるわけです。紀元前二世紀か三世紀か、はっきりとしたことはわからないけれど、弥生時代のさなかや終わろうとするぐらいのところで、大きな戦争があったんじゃないか。後漢書や漢書に、日本が大荒れに荒れていたとか、国がいっぱいあったとか書かれている。状況証拠がないわけではない。そういう状況証拠を縫い合わせて、弥生時代は戦争の時代です。いつも戦争をやっていたわけではないのでしょうが、男の子は生まれると成年儀礼があり、大人になっていくプロセスで、戦士として鍛えられるというか、弓矢などで人殺しの練習をする。いつもやっているわけではないけれども、一生の間に一回や二回、あるいは数回、出番があって、戦争に刈り出されていたでしょうね。その中には、国が国を滅ぼしたりするぐらいの大きな戦争もあった。戦争では単に勝利すればいいわけではなくて、敵の首をどういうふうに切るかとか、体を真っ二つに割るとか、皮をはぐとか、ひどいことをやるわけですよね。そうやって、彼らは歴史を練習してきたというか、そんなことがずっと行われていた。

それが単に『古事記』の中に書かれていたというだけでなく、久米歌のような古代歌謡の中に、実証的にそれが書かれている。これが私自身にとって、意外とショックでした。私なんかは、最初の出発が古代文学で、ロマンチックに考えていたんだけれど、調べてゆくと彼らは本気で殺し合いをし、その代わりその記録をちゃんと『古事記』の中に残して歴史を作ることをしていた。現代における戦争の問題や死刑の問題も、すでに弥生時代にみんなが一生懸命練習していたことであり、現代でもなお練習の成果としてやっている。そう考えると戦争を止められないとも言えるし、そういう戦争や死刑の原理をはっきり明らかにしたら、それをどう止めさせるのかの問題も次に出てくる。

古代歌謡一つとっても、彼らが一生懸命打ち込んでいた問題を明らかにするということは、それに対する批評や批判、あるいは反対する行動を我々が作り出すということにもつながるから、だいじなことではある。文法と関係ないように思えても、古代歌謡の文法的な解析はこれからですから。きちんとやる必要はあるかなという感じがします。何か話が拡散してしまったけれども。

山本　『国つ神論』(改題『古事記と国つ神論』知の新書)でも述べたのですが、「まつろわぬ人」への野蛮な仕方は、すさまじいですよね、でもちゃんと書いてある。また、全然統治しきれていないですよね。

11 ジェンダー

藤井　山本さんの著書からの引用をこの本でさせていただきました、イバン・イリイチのジェンダーの問題もそうだし、シャドウ・ワークの問題もそうですね。山本さんがずっとなさっている問題を取り入れさせていただくことは私の論を進めるうえで要になりました。

現代のジェンダー問題は文法抜きです。しかし欧米の方たちにとって、さっきの性数一致の問題はもちろんのこと、男性名詞・女性名詞、男性形容詞・女性形容詞、それからフランス語だと la と le と les など性の問題、数の問題がある。イバン・イリイチなどは、はっきり書いているわけではないけれども、当然、そうした問題を前提としていたと思うのです。ジュディス・バトラーさんは、文法はもういいと言うかのように捨ててしまっていますが、ジェンダー問題を文法論としてやってほしいのです。

山本　英語ではできないですよね。

藤井　できませんね、ジェンダーがないから。

山本　消してしまいましたから。

藤井　その問題もちょっと言ってほしいと思いますね。私からいくら言ったって、全然、効果がないから、山本さんあたりがちょっと言ってほしいです。

山本　この本では最後に突如として、人間、社会、宇宙と出てきますね。この人間は男女ですか。〔図5参照〕

藤井　はい。

山本　宇宙は〈もの〉ですか?

藤井　はい。

山本　私としてはそのあと、「社会」ではなくて「場所」なんです。

藤井　はい。

山本　それがバナキュラー領域の、次元の問題です、ジェンダーはそのバナキュラーな場所にある存在表象になります。それが近代的編制になると、(中性的な)人間、宇宙、社会という構造になっていくというようにクリティカルに考えます。

図5

藤井　ジェンダーも文法も消えちゃって、単に人間になるわけでしょ。だけど、本来は男性名詞や女性形容詞など、言語の前提に男と女とがある。

山本　そこがやっかいなんですけれど、自分の経験からしても、話すときには仕分けできていないです。日本人として、そこが自覚にない。けれど彼らはそこを厳密にやっているわけじゃないですか。そうすると、イリイチ的論法で言うと、セックス化された次元で厳密にやっているのか、ジェンダーの次元で厳密にやっているのかが、欧米の当事者にもわからなくなっていると思います。つまり、言語の位相からすると、近代国家語化された閾でのセックス化された男女なのか、それともバナキュラー文化閾での男女なのか、英語もフランス語ももとはバナキュラー言語ですから、その言語編制で変容がおきている。ここ、吉本（隆明）さん的に言うと、「生理的身体」からのものと「イメージとしての身体」からのものとの違いにも照応します。つまり、ジェンダーからみると心身非分離の述語表出に「言語」が〈もの〉からどうからんでいるかです。

さらに藤井さんが指摘しているだいじなことは、男言葉と女言葉なんてそんな単純な話じゃないぞ、ということです。となると男女という領域が、言語の中でどこの位置に出てくるのか。ここを逆にうかがいたいのです。『源氏物語』は、やはり女性が書いたものだと言えるのか。それはどこでわかるのか。

藤井　男言葉、女言葉の問題はこれからだと思います。特にジェンダー理論が文法を抜き去ったために、だいじな問題が結局二十年ストップしちゃったような気がします。文法の問題から立ち上げて、男言葉、女言葉の問題もやはり、本当のテクストの原点に戻り、少しずつ考えていくべきです。短歌、和歌で言うと、単語のレベルよりもう少し幅広く、二つ三つの言葉をくっつけたり、和歌の五七七のうち、五と七とを越えた範囲で言語を取り出したりすることもできる。そういうシステムの研究では、近藤みゆきさんのなさっている最近の仕事がおもしろいですね(『王朝和歌研究の方法』笠間書院)。

男言葉、女言葉というよりもう少し実質的に、こういう言葉を男は好きだとか、たとえば、「心」とか「恋」とか「世の中」とかいう、何でもいいけれど、性差があるのだというようなことなど、地道な研究が積み上げられる必要があり、これからではないでしょうか。

山本　というのはですね、この間、直接面識のないメールの相手の名前が女性らしい名前なんですね。だけれども、文体はどう見ても男なんですが、はっきりしないけれど感じられる。で、それは何でわかるんだろうこっちはっていうことがあります。何か微妙な表現形態がやっぱり女性と男性で違うんですよね。でもそれは、ほとんど言表されない。

藤井　何かあるんでしょうね。だから、文法的なジェンダーが生まれてゆく根源に、誰もが感じる我々の中の原始性、原始人としての我々に訴えてくる何かがやっぱり、日本語にあるんじゃないですか。

山本　今、高倉健の任侠映画を分析しています。マキノ雅弘が藤純子に教えたことなのですが、体を回すときに右足で立って、左足で「の」の字を描いて後ろへ行け、と言っています。これを私はおもしろいと思いました。この「の」と、藤井さんの言っている「の」格につながりがあると感じてあれ？ と思ったのです。つまり「の」という字を体で描くということが、何ともいえず女らしさの表現になっていく。これは私の独自の理解ですが、「の」という字を描ける体は、まさに主格と所有格の違いを越える述語行為を表現できる。それは、女性の動きなのです。男の動きにはならない。男の身体でも「の」の字をかくと女らしくなる。

男の動きは、マキノは腰を入れて行けと言います。実際にこれを『緋牡丹博徒』では、藤純子が身体行為で、このやり方をするのです。

「の」の字を描くときは芸者役のときです。それが『緋牡丹博徒』では、高倉健たちと同じ、腰を入れて刀を切る、じんぎを切るというやり方をします。だけど、「お竜」つまり女なんです、男ではない。さらに、その男動作のときでも、ものすごくなまめかしく、エロチックになる。一方で高倉健が同じことをすると、ものすごく男らしくなる。高倉健のセリフの中に「俺たちは玉金なんだから、玉金じゃねえやつに対して、そんなことはできねえんだ」っていうこんな言い方をします。お竜に「しょせん、おめえさん女だぜ」と言いはなちます、お竜はキッと怒った顔をします。（山本『高倉健・藤純子の任侠映画と日本情念』EHES出版局、参照）

任侠映画には、ジェンダー表象が残っています。ジェンダー表象の最後の世界をつくったのです。仁義なき戦いや、菅原文太の与太者シリーズでは、セックス化された男女でしかなくなる。さらに時代劇を見直してみますと、時代劇は全く女性の存在を言語意味化していない。像としては出てきてますが、飾りでしかない。藤たちの東映任侠映画で初めて、女性の情愛が出てきます、女性が言語過程にはいってくるんです。

それはともかく、私にとって藤井さんに出会えたことは最高の幸せだと思っています。文学に関して、藤井さんの論をおさえておけば、ぶれることはないというか(笑)。藤井さんが解明されたこと未知として指摘されておられること、そこに本質が的確にあります。言葉の存在条件がおさえられているからです。藤井さんと吉本隆明さんのお二人を基準に置いておけば、ともかくぶれない。日本文化への回路は、お二人を基準にして両方の存在を踏まえておけば対象に存在的に迫れると感じています。

12 場所をたずねる日本語

山本 話は変わりますが、数年前に、ロンドンのバス停留所にあったバスの一日券切符売場がなくなってしまいました。この一日切符はとても便利で得なので、ホテルで「どこで」この機械はあるんだというふうに英語で聞きました。すると、その意味を相手はわからないのです。

私の英語がおかしいのかと思って、もう一度正確に、where is the…と言い換えたわけです。つまり、私は無意識のうちに「場所」を聞いていたのですね。それで、あ、これは違う、「私がどこで切符を買えるか」と行為を聞けばいいんだと気付き、言い方を切り換えたのです。

藤井 そうしたら通じた。

山本 ええ通じたんです。そのとき自分で気づいたのです。日本語の発想形態では、常に場所が問われていて、場所を定めようとしている。しかし彼らは、行為を確認しようとしている。ここに違いがある。

つまり、場所の側は述語制のロジックであり、行為の側は主語制のロジックです。別な言い方をすると、藤井さんのおっしゃる「らむ」「らし」「き」「けり」などの助動辞は、どの場所に置かれていくのかを設定したときに、述辞としての助動辞になる。「述辞」というのは、藤井さんのロジックから作った言葉なのですが、述語の辞であり、助動辞と助辞なのです。それがそうならないと今度は客観的な言語のほうに行ってしまう。そうすると、ゼロ人称とおっしゃられた次元からずれてしまう。それが、これを述辞として場所の側に持っていき、先ほどのバナキュラーな領域だとか、これから語られていない領域を探っていくと、述語制のロジックになる。これを私は世界の普遍性を持つと定義しています。その回路の指標を、三上以後初めて藤井さんの『文法的詩学』がはっきりと明示してくれた。こんな位置付けなのです。

藤井　今、三上以後と言ってくださいました。三上さんも随分、本当に考えに考えられた成果だと思います。佐久間と出会ってから、長い時間をかけて考えるべきところをきっちりおさえて出された形ですよね。だからこそ、安心して読めるというのか。私なんかは、批判するところはあるけれども、それも三上の胸を借りてこそできることだと思っています。だから、三上論を安易に否定するのでも乗るのでもなくて、評価すべきところは評価していきたいと思いますね。松下や三上のような存在は、欧米にもいるのでしょうか。生成文法なんかがもしかしたらそれに近いのかなと思いますが、だめですか。

山本　正直に言うと、チョムスキーはダメですね。構造言語論をきちんと踏まえて、意味論的領域をちゃんとコンテクストから歴史から押えて明確にしているのは、バンヴェニストだとおもいます。それを時枝的に、ごちゃごちゃ勝手なことを言い始めているのがチョムスキーです。ピアジェとの論争があるのですが、発生論からしてもあまりに生成論は不毛です。

藤井　たしかに、時枝とチョムスキーとは類似点があると思いますね。

山本　あとは、構造意味論のA・J・グレマス。クリステヴァがやや境界線的に哲学との領域に踏み込んで述語域に気づいていますが、あとは言語の恣意性に依存してのめちゃくちゃですよ、欧米も。あとは、ヤコブソンくらいでしょうか。社会言語論的にはバジル・バーンステインが卓越しています。彼らは言語構造からいって、必ず不可避に主語制と客観性に固執します、その言説史の根源はフーコーが明らかにし、ブルデューが近代社会編制での言語交換の水準を明示した、そのフーコー／ブルデューを批判媒介にして言語理論を見直していくと、そこで取り上げられえていない領域が、日本語論の松下、佐久間、三上、藤井がちゃんと対応している閾がみえてきます。これでかなり根本的、普遍的な言語の世界が開けていく。このように、藤井さんの著書を読んで自信と確信を持ちました。

非常に僭越ですが、私はいま、藤井さんが主語的言語を引っ張っているところを、ともかく全部外してみたらどうなるか、という作業をやっています。すると、明解に述語世界で論じられるのです。今後、ここを語っていきたいと思っています。ただそのときに、哲学で二人倒さないといけない人がいます。和辻哲郎と廣松渉です。なぜかというと、彼らこそが主語・述語のコプラの世界が日本語にあるといった人たちだからです。哲学の論理で「我思う、ゆえに我あり」などといいますが、あれは本来、日本語に翻訳不可能なのです。私からすれば、それが翻訳されること自体がおかしい。一体何なんだっていう感じです。主語があって、コプラがあって、述語があるという言語構造を日本語は持っていないので、つまり命題構造がなりたっていない、哲学書の翻訳はカントであれヘーゲルであれ論理的に不可能のはずです。私は翻訳が上手くできないんですけど、その理由がよくわかりました。理解できるけれども、頭の中でそれを日本語にトランスできない、トランスの域に非知の領野が膨大にある。ですが語学の上手な人たちは、平気で訳しています。ところが例えばフーコーの書物についていうと、翻訳されたものを読んだ後に原書にあたり、さらに英訳書を読んでみたら全然違うのです。英語とフランス語、スペイン語とフランス語でこんなに違うのだから、ましてや日本語できちんとトランスできるはずがない。あそこまで厳密な論理になると、言語がもつ論理性そのものと深く関わるから、正確な翻訳はできないのです。

ヘーゲルやカントもしかりです。彼らがドイツ語で主述コプラで考えた世界と、日本語に翻訳したものは全然違っているはずなのです。それを日本の哲学者たちは理解せず、平気で日本語に訳してしまっている。それはおかしい。ひどいのは、「私はいる」なんて訳す哲学者もいる。平気で助辞の部分は無視しているんです。その権化が和辻哲郎、その次が廣松渉。京都学派の連中が、おかしさに気付いてはいたようですが、かといって西田幾多郎の言っていることも「A is B」「A is B1」「A is B2」なんてやっている。藤井さんが言ったkrsmで成り立っている言語表現が規制するロジックを、日本の哲学者たちは全然踏まえていない。これはもう最近、確信を持って気づきました。

それで、藤井さんのこの本を読んで、やっと出たと思いました。『源氏物語』から『古事記』から、ちゃんとそうなっているじゃないかって。日本の哲学者たちは何をやってきたんだ、と唖然と思いました。ランボーがJe est un autre. と、第三人称be動詞をもって表現しましたが、これは日本語では翻訳できない閾にある転容です、「私は他者である」とはならないです。

藤井 できないですね。

山本 一人称be動詞でも三人称be動詞でも、両方とも「私は他者である」となる、suisをestに転じた意味はまったく翻訳不可能ですね。根源的なひっくり返しをランボーはbe動詞でやっている。これを「は」と「が」にできるかといったら、できないです。というようなことを、日本の哲学者は誰も気づいていないんですね。

藤井 確かに哲学者の書かれる文というのは、私も嫌いじゃないからときに覗き見していますけれど、最後まで曖昧さの領域が残りますね。それは翻訳の限界かなと思っていたけれど、確かにもっと本質的なことかもしれません。たとえばcopula、こういうわけのわからなさを、どうしたらいいんでしょう。

山本 述語制の論理の概念空間を、理論的に開くしかないとおもいます。表象体系が近代人間学体系に転じられていくときに、コプラの「命題形式」attributionですが、そこが主語に従属して述語が主語に一致するとされると繋辞編制されますが、述語がずれていくというのは欧米言語学でも気づかれているところです。そこが、述語が主語を規定していく、いや主語は無い、必要さえないという閾を言語化＝理論化するしかないですね。形而上学の組み立てがまったく逆になると感じています。

藤井　最近ある会で、ハイデッガーの技術論にふれる機会があって、ちょっと批評したいなと思いながら、どうしたらいいかわからない。仕方がないから、ドイツ語の辞書を引っ張り出して取り組みました。あるハイデッガーについての本の翻訳部分が、私の浅はかなドイツ語の知識でもってしても、その人の本はハイデッガーのニュアンスが全然とらえられていないんじゃないか、と。これは、語学が進めばわかることじゃないかなっていう感じもしますが。

山本　いや、違いますね、語学が進む程無意識におかれていくだけです。

藤井　いくら突き詰めていってもダメなんですかね。

山本　もちろんちゃんと突き詰めなければいけないんですけれど、語学上達では思考できない閾なんですよ。例えば、ラカンが日本語を知ったらびっくりすると思います。彼が直面して解けなかったことが、きっと全部解けるはず。私にすれば、ラカンは述語領域に直面したことで、わからなくなってしまったのです。歴史的には、そういう局面が近代でつくられただけなんだと、フーコーが明らかにして、ラカンはそこの無意識を含めてそこの領域をランガージュ論でやっています。言語論として壁を作った。その壁の向こう側に日本語の言語がある。だから、ラカンが日本の言語を知り、日本語ができるようになったならば、いろんなことが解けただろうと思います。実際に、西欧の哲学者に日本語を理解させるのは、ほとんど無理だと思っています。彼らは主語的言語構造で厳密に思考が成り立っていますから、それを溶かすことは多分できない。むしろ、こちらが述語的な言語を持っているがために、西欧の壁にぶつかるわけですよね。そのぶつかった壁を正直に客観化していけば、乗り越えられるのではないか。金谷、浅利さんたちは、そこらへんのことを気づいている人たちです。フランス語で思考ができるから。彼らはフランス語ができるがゆえに、日本語との違いをよくわかってしまった。

藤井　そうですね。

山本　こっちはできないがゆえに、できないところに全部根拠がある。あれ、こんなに根拠があるんだっていうぐらい、根拠があります。だから、主語制言語で日本語を理解することは可能ですが、そこで取りこぼされている領域があまりにも大きいっていうことですね。最近、外人が日本語をしゃべるのがうまいですよね。でも、日本語や日本の文化を理解できているかといえば、ほとんどダメだと思う。

藤井　ああ、そうかもしれない。

山本　乱暴な言い方をしますとね、着物を上手に着れたら大丈夫。

藤井　まあ、乱暴だとしても、何かそんな感じはわかります。

山本　身体の動作は、言葉の表現と同じものだと思うんです。

藤井　言語化する絶望的な何かかな。たしかに、日本語がある程度わかったとしても、本当に体でわかっているかというと難しいですね。たとえば、十年も二十年もバイリンガル的に、多数の言語で生きていらっしゃるような、もと日本語ネイティブだったような方は、それこそほかの国のネイティブのように外側から日本語を見ることができるのでしょう。ここから先は日本語が他者であるというふうに見える瞬間があるのだとしたら、私なんかは全然、そこまで行っていない。結局、中途半端な曖昧な領域で書いている。書き終わって何か一皮むけたかなという感じはありますが、外国語として日本語を見るまでには至らないわけですよね。だから、外国語として日本語を見た途端に、本当は今の着物の着付けとか、のの字で歩くとかね、そういった領域が見えてくるのかもしれない。山本さんはそれが見えてきているんだな。

山本　語学ができないで不得手で、書記言語としてのフーコーが翻訳不可能な域で感知できたのが大きいです。また、メキシコで四年暮らして、絶対にそこから先、分からないなという生活現実に接したのも大きいです、USAの人類学者・社会学者たちの調査のでたらめさはひどいですから。不可能さからみえてくるものは、可能性で処理されてしまっているものよりも、物事をみさせてくれます。吉本さんが以前おっしゃったじゃないですか、藤井さんは神社か何かに行っただけで折口的な感覚なり感性をキャッチできる、そういう人だろうって。私はあのとき、吉本さんは見抜いてるなって思いました。藤井さんが古典の中で領有して、身体化されて、持っている身体基準は、ものすごく正確だと思います。だから、藤井さんがハイデッガーのその話を聞いて、違うな、おかしいなと気付いたのは、すごくだいじな部分を突いていると思う。でもきっと、向こうのハイデッガー研究者は、それを全然わからないと思うのも、形而上学の西欧的なものへの基本了解がないことと、日本語言語が不可避に描く形而上学的な存在本質条件が「述語づけ」として哲学化されていないからです。

13 翻訳の問題、国語教育

藤井 翻訳の問題というのは日本の近代社会についてまわります。言語学だけではないですね。詩の世界では、小林秀雄がランボーを翻訳しましたし、詩人ではない方たちもこぞってランボーを翻訳しましたが、翻訳詩の問題を避けてはならないですね。ランボーで言うと、小林は文語で翻訳詩を作りました。上田敏の『海潮音』とかでもそう、翻訳詩を作りました。しかし中原中也は、口語でランボーを訳しました。つまり、文語と口語との問題が、小林秀雄と中原中也との間にある。この二人だけではなくて、日本の近代詩を作ってきた、それこそアヴァンギャルド系、それからシュールレアリズム系とか、そういう人たちは基本的にみんな外国語を読み、外国語の詩と格闘して、えらい思いしながら日本の詩のことを考えてきました。翻訳文化、翻訳詩の問題というのは、近代が大きく抱え込んでいる、病気じゃないけれど健康になれない何かですよね。現代だってそれから逃れられてはいない。翻訳文化のとんでもない日本近代を、今現在、抱え込んでいるのです。逃げてはいけないのです。それを逆に逃げて、もう翻訳文化はいいやって言った途端に、我々はいったいどこへ行ってしまうのか。一種のヘイトスピーチ社会みたいなところに吹っ飛んじゃうかもしれないでしょう。それと逆に戦うためには、日本近代をきちんと評価する必要がある。小林秀雄や中也を含めて彼らが苦しんだこと、その苦しみの中に、それでも未来をひらく何か、折口もそういう言い方をしていると思うんですけれども、その遺産じゃないですがだいじな何かを守ってゆく。繰り返しになりますが、翻訳の問題や近代の問題を手放してもいいやとなった途端に、ナショナリストへの転落のブルースを奏でて行ってしまう人が、身近にもけっこう、たくさんいるような感じがして。何かつらいですよね。

山本　概念でいうと、主体的、客体的言語世界は、分離ですよね。主語、主体、そして社会というロジックを持つ。それに対して述語的な概念空間は、非分離です。述語制であり、場所です。この概念体系の構造は全然違うものだと一回完全に分けてしまう。そして、この非分離述語制場所の概念空間に、krsm 図式など藤井さんの『文法的詩学』の体系を全部埋め込んでやっと、松下、三上、佐久間、山田を含めて見通せるということです。逆に藤井さんのこれをつかって、学校文法的に主語論をもっとやっていこうという人もたぶん出てくるでしょう。そこから、何か論争なり論点なり、あるいは論争しなくても、まったく違うものが何か出てきて、願わくば若手の研究者からこの藤井言語理論をやってくれる人が出てくれるとありがたいっていう感じですね。

藤井　今の非分離っていう言い方も、大変よくわかります。近代って、ある意味では分離と言いますか、概念の装置の構築に非常に急いでたっていう面があり、その近代の矛盾みたいな何かが、もう一つのあまり言語化できないところも含めて残してきたというか。それがもしかしたら非分離ではないでしょうか。

山本　藤井さんが一年かけて発見されている線が、非分離の線なんですよ。

藤井　なるほど。

山本　結合でも分離でもない、まさに非分離の線で、この「あり」「けり」「けむ」「べし」「らし」が見つかり、ああ、ここに非分離体系があると感じました。と同時に、藤井さんを襲っている主語的誘惑のロジックが入ってきている。

藤井　近代人としては、やはりそれなりの財産ですから。それと格闘する材料としても、内なる何かがあると思いますけど。それを抜かしちゃったら本当に…。

山本　そこも貴重な、藤井さんならではのやり方ですね。近代を真に受けとめてかつ問い返しながらやっていくという、近代詩への考察をも古典からまた文法的本質からおさえ直されていく、非常に言語に誠実な作業をなされていると思い学ぶところ大なのです。私なんかはバンバンっと、ダメとよしと識別して、仕分けして構築していかないと間に合わない感じがしていて。

藤井　間に合わないっていうことはないんじゃないですか。山本さんの局面、局面の広がりが、またどこかでパッとつながって行きますよね。着物とか任侠映画とか。それはだいじだと思いますね。

私なりのヴィジョン、国語学から置いていかれた一方で、文法学で自分なりの限界に乗りつけた理解線は出せたかなと思いますが、今後のことと言えば、国語教育の現場では、高校生がかわいそうじゃないですか。「らし」とか「けり」とか、みんな暗記するわけでしょ。高校生にとっては「べし」に当然とか勧誘とか、六種類ぐらい用法があって、それがみんな受験に出るから覚えるわけでしょ。それを先生は苦しんで、教えたり覚えさせたり、受験に失敗させたり成功させたり。それもいいけど、そういう苦しみの中から、もうちょっと楽しい言語、面白い文法、そっちに行く人が出てくれれば、その方にバトンタッチしたいという思いがありますね。

つぎに残るのが、先ほどのジェンダーの問題です。男性名詞や女性形容詞あるいは冠詞といった性数一致の問題は、この本ではごく部分的に書き出しました。山本さんのイバン・イリイチ論なんかを応用することで、突破口が開けそうだと思うんだけれど、それがほとんど、注のところに書いただけに終わって、止まっている。ただこれも私、今後あまりやるつもりはないと言ったらおかしいですが、やりだしたら結局、バトラー派のジェンダー論の人たちとか、特に女性のジェンダー論の方たちを突破できる自信がない。ですから、同志の女性が出ていらっしゃれば、その方にお任せしたい。『源氏物語』などの女性文学や、男言葉、女言葉を抱えている手前、簡単に引き返すつもりはないですが。

14 詩の文法

藤井 そうすると最後に、自分なりの、現代詩の文法をやりたい。先ほど私の詩を引用してくださいましたけど、中原中也や小林秀雄の翻訳の問題も含めて、あるいは文語詩と口語詩との問題を含めた詩の文法です。古典の方ではすでにこの本でやりました。懸け詞論とか、おもしろくできたと自分では思っています。これを、今後は現代詩に持ってきたいですね。現代詩の文法論はまだないと思うのですよ。古典の懸け詞論とかも、従来は修辞論ですよね。レトリックで説明されてきて、文法論はないわけです。

だけど、懸け詞にしても、序詞にしても、枕詞にしても、あれらはやっぱり言語でできているんだから、文法的な説明があっておかしくないですよね。一般にはさっきの主語論にしても、論理的な世界で説明しようとする。そうすると、懸け詞は論理的に分裂しているわけです。全然違う意味が一つになるわけだから、ありえないことが起きてるわけですね。それは修辞的に許されるだろうみたいなごまかし方で、アリストテレス以来、今まで来ているわけですよ。だけど私は、言語なんだからごまかすなよ、と言いたい。懸け詞を文法で説明しろよと言いたいんです。詩の文法というのはありうると思います。レトリックとか評伝とかを持ってくるのと別に、言語の中心地へ、少しずつ現代詩の世界へ持ってきたい。世界から見たらローカリティというか、萩原朔太郎のように、世界では通用しない詩が日本では普通ですよね。それは、文法的に日本詩人の言語ですが、そこに埋まっている骨とか墓とかをひらいて、洗骨し、もう一回埋葬するというような。そうしたことをやらないと、日本の現代詩はちょっとかわいそうな状況だと感じるのです。詩の言語の文法が置いていかれている、なされてない感じがする。でもこれをやろうとしても、非常に不思議がられて時間切れになる危険があるので、二の足を踏んでるというか…。だからこれも、かなり時間がかかる、というようなこれからの展望でいいでしょうか。

山本　懸け詞も、私のロジックから言うと、「述語的トランスファー」の世界です。これも藤井さんの本を読んで発明した概念です。「述語的トランスファー」で何が起きているかというと、実はここにラカンのポワン・ド・キャピトンがあるとみています。つまり、語られたことは、語り終わったときに意味が発生する。これがどうも構造的に組み込まれている感じがしています。トランスファーというロジックは、自分の側が相手側に移って、相手側が自分の側に移ることが、等価で起きてない関係なんですよね。だから不等価だとも言えないんですが、そこで起きているトランスファーが主語的、客体的になされるんじゃなくて、述語的になされる。そうすると、そこで発動されている感覚と意味は、別な組み立ての構成になる。それを懸け詞は非常に上手につかっている。これが、藤井さんが何度も、だじゃれじゃないぞ、だじゃれじゃないぞ、ものすごくだいじだぞっておっしゃられているところですよね。

藤井　それをわかっていただいて、ありがたいですね。欧米の方にはなかなか懸け詞の説明ができないんです。通じないんです。でも決してだじゃれではないところをいささか強調したつもりでした。きちんと受けとっていただいて、ありがとうございます。

山本　話はつきませんが、とりあえず今回はここまでにしたいと思います。ありがとうございました。

（二〇一五年五月八日）

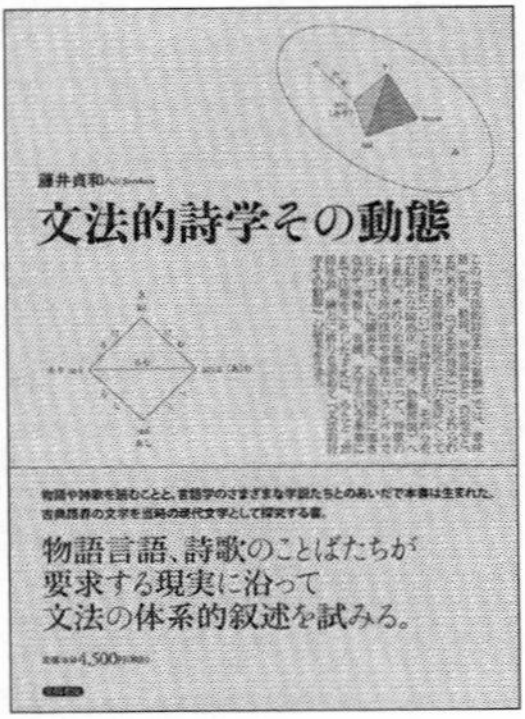
藤井貞和
文法的詩学その動態
物語言語、詩歌のことばたちが
要求する現実に沿って
文法の体系的叙述を試みる。

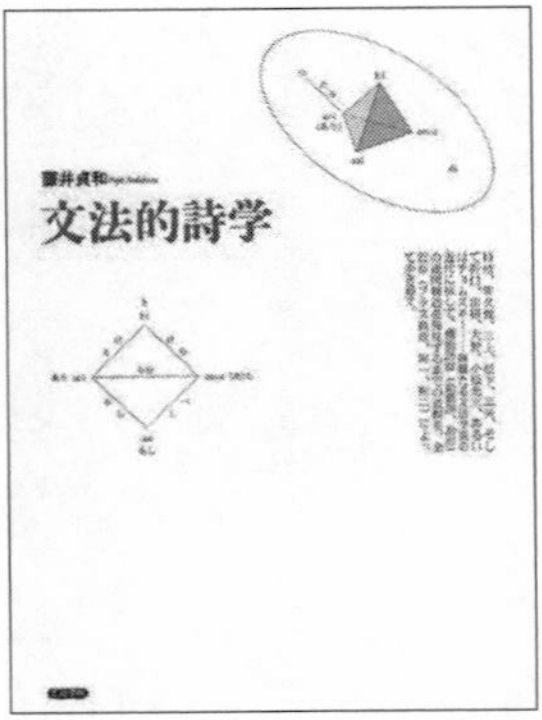
藤井貞和
文法的詩学

書後の覚え

「近代詩と戦後詩」　四季派学会二〇二二年度夏季大会　講演
二〇二二・六・二六　神奈川近代文学館・横浜（『四季派學會論集』第26集　二〇二三・八）
「近代詩語のゆくえ」　第51回萩原朔太郎研究会の研究例会　講演
二〇二二・一一・一三　前橋文学館・群馬（『SAKU 萩原朔太郎研究会　会報』87　二〇二三・一〇）
「漢字かな交じり文、神経心理学、近代詩」
（『季刊 iichiko』no.153　二〇二二・冬）　文化科学高等研究院・東京
「石、「かたち」、至近への遠投」
（『季刊 iichiko』no.156　二〇二二・秋）　同
「モダニズム　左川ちか全集　いまここで」
（『短歌ムック　ねむらない樹』9　二〇二二・八）　書肆侃侃房・福岡
「沖縄という詩の国のほとりに立って」
（『現代詩手帖』〈特集「琉球弧の詩人たち」〉　二〇二二・一一）　思潮社・東京
「戦争の貌は言葉から眼を反らすか」
（『現代短歌』92〈特集「ウクライナに寄せる」〉　二〇二二・九）　現代短歌社・京都
「『文法的詩学』をめぐって」藤井貞和 × 山本哲士
（『季刊 iichiko』no.127　二〇一五・夏）　文化科学高等研究院出版局・東京

第一部

二〇二一(令和三)〜二〇二二年に書いた近代詩、現代詩関係から、萩原朔太郎(詩人)論などの発表、モダニズム、沖縄の詩、戦争について、まとめてみた。

「近代詩と戦後詩」は、おもに詩の領域を中心にして、近代文学研究界のある部位での、一九八〇年代の激しい盛り上がりとその終焉とについて述べた。終焉とは戦後詩のある種の変質でもある。なぜ四季派が学会なのか、日本近代詩学会ならばまだしも、と固辞したにもかかわらず、旧知の林浩平会長からの要請に根負けしてお引き受けした。

「近代詩語のゆくえ」は萩原朔太郎が、日本の詩でなく、「日本語による世界詩の構想」へとにじり寄るさまを論じようとする。朔太郎からすこし離れて、日本語の表記についてふれておきたく思い、続きを「漢字かな交じり文、神経心理学、近代詩」と題して『季刊 iichiko』に書かせてもらった。

「石、「かたち」、至近への遠投」は、一転して自作詩までを少々語るという、やや面はゆい一章である。めったにないこととして諒とされよ。わたくしの最近での言語学ならびに実作紹介の一端となる。

「モダニズム　左川ちか全集　いまここで」が本書のなかに場所を占めることができたことは嬉しい。関連論考としては『日本文学源流史』(二〇一五、青土社)の第十六章「近代詩、現代詩の発生」、および第十七章「アヴァンギャルド詩の道程」で、真には現代詩の起点として、モダニズムでなくアヴァンギャルド詩と称するのがよいと思う。

「沖縄という詩の国のほとりに立って」は私の精神的第二のふるさとと考えたい沖縄の地に詩の発生

をもくろむ。この考え方は揺らがない。
短歌の誌がウクライナ戦争の特集をただちに組んでの、長編の現代詩（長田典子）掲載などの試みを高く評価したい。わたくしも「戦争の貌は言葉から眼を反らすか」を寄稿して、『非戦へ』（二〇一九、編集室水平線・長崎）以来懸案の、〈虐、掠、辱〉（虐殺、掠奪、凌辱）をおそれることなく展開する。

第二部

第二部として、やや遡り、わたくしの『文法的詩学』（二〇一二、笠間書院）ならびに『文法的詩学その動態』（二〇一五、同）をめぐる、山本哲士氏との対談を掲載する。氏には以前に『物語の結婚』ちくま学術文庫版の解説を書いてもらったことがある。

「主格補語性の「は」」（『季刊 iichiko』no.92、二〇〇六・秋）に、言語学の佐久間鼎、ならびに三上章を論じて、それは『文法的詩学』全二十二章のトップの二章に収録した。日本語の古えより主格を示す固有の格助辞「が」があり、また「が」を押しのける係助辞「は」が発達することは一大特徴としてある。しかし、述語格が文ぜんたいを統率して、主格を省略しうる「述語制」というほかはない特質を見定める、「日本語の文化学」を創唱する『季刊 iichiko』に発表の場を与えられたことは、しあわせな始まりだった。

伝統的な国語学を継ぐと自認する時枝誠記のそれは、実際に毀誉褒貶が決定せず、植民地下の国語学という指摘のあることはだいじであるにせよ、わたくしとして、時枝文法を主要な批評対象に据えて、いまにいたる。文法学説は複数あってよいので、昭和三十年代には中学でも、高校でも、先生が学校文法を一通り終えたあと、別個に時間を取って時枝文法を扱ってくれるということがあった。〈詞〉と〈辞〉や入れ子型や零記号というのは何だろうと思った。

私は当初、言語の美学みたいなことに囚われていたから、時枝学説への理解からやや距離があって、大学生時代に学び直しているうちに一挙に真相が腑に落ちてきた。「何だ、こんなに簡単なことなのか」という、主体性論議とは回心のようにちょっぴり神秘的な体験かもしれない。「対象語格」など、時枝文法には曖昧さも山積する。言語の美学と言えば、吉本隆明氏はついに時枝から無縁な位地で生涯を終えられたかと思う。

意味語と機能語とが別々の場所に発現するということは、のちに学ぶところでは朝鮮語もそうで、日本語に限ることではなかったが、『源氏物語』などがそれで面白いように読み釈けるので、自分の古文に嵌まった理由である。漢字とかなとが(失読症の研究から)脳内での在りかを別にするとは、意味語が名詞、動態詞(動詞、形容詞など)その他を、多く漢字を使って多様に表記されるのに対して、機能語が助動辞、助辞、活用部分、送りがななど、絶対的に「かな」の領域に在ることと深くかかわる。漢字かな交じり文(あるいは和漢混淆文、漢文訓読)が日本語を特徴づける真の理由はそこにあろう。

時枝には「物語論」(語り手論)のたぐいがすっかり欠落するというほかない。これでは、不遑な言い方をすれば、時枝のほうから物語論のほうへ近寄ってくれるのでなければ、接点の持ちようがない。ただし、まさに『文章研究序説』(一九六〇、山田書院)は〈文章論〉の提起であって、文章の時間性、冒頭、伝言、合作、編纂、推敲、改稿、場面、絵画性や音楽性といった、のちのテクスト論時代の話題を先取りするような目次構成からなる。

「話声」論は正直言って難問に属する。欧米的な文法だと主人公の自分語りは一人称、語り手の「私」も一人称、そして作者が「出てくる」と二人称ということにされて、多声的という意見に嵌まることじたいはよく分かる。「人称」とは古典ギリシャ悲劇にみる舞台用語として欧米文法の基本にある。

時枝の欠落せる物語論を後続のわれわれが引き継ぐとは、文法としてどうなのかという問いかけにほかならない。日本語の隣接語のアイヌ語には語り手が自分を引用する部位を四人称とする文法範疇がある。これを応用できないことだろうか。会話文や心内語などが語り手とかさなって、四人称（物語人称）となる。作者の声が物語上に出てくることはありえないから、無人称（虚人称）である。出てくるとしたら語り手の一人称語り＝「草子地」で、これがゼロ人称となる（時枝の「零記号」の応用）。このようにして「多声」と見なされてきた複数の一人称が文法化される。

私なりにようやく体系的叙述の自信の出てきたのが二〇〇八年か、学術団体物語研究会での発表で、その後の発表もすべて物語研究会の場に借りてきた。わが罹病ならびに東日本大震災にさしかかり、余裕のない状態で急いだため、そこここに不満を残しつつ、日本語学としての知見を最終的にまとめた。自分の『文法的詩学』、『文法的詩学その動態』そして『日本文法体系』（ちくま新書、二〇一六）による体系的叙述は、古典文法を書き替える上で寄与するところが小さくないと確信するとともに、そのベースに時枝への学習があったと言いたい。

本書一五六ページの「A詞、B詞、C辞」は、

A詞＝名詞の類〔汎名詞〕　〔名詞句、名詞節を含む〕
B詞＝動態詞〔動詞、形容詞など。〈日本語の〉形容動詞など〕　〔動態詞句、動態詞節を含む〕

日本語を視野に入れると、〔A詞プラスB詞〕を支えるC辞がその基本構造を完成させる。

C辞1＝助辞　C辞2＝助動辞

日本語文のあり方は、

〔A詞プラスB詞〕C辞　つまり

〔名詞プラス動態詞〕助動辞／助辞

となる〔『文法的詩学その動態』一章〕。

本書一九七ページに、「世界から見たらローカリティというか、萩原朔太郎のように、世界では通用しない詩が日本では普通ですよね」と述べたのは、二〇一五年のこと。これを否定して、七年後、このたびの「近代詩語のゆくえ」〔本書所収〕において、朔太郎は世界の詩としての日本語詩のために苦闘したというように、わたくしは考えを改めている。本書のとりえはここにあるかとふと思われる。

掲載誌の各位、そして発表を許された学会そして研究会に、深い敬意の思いを表明したい。『季刊iichiko』の山本哲士代表が、半世紀を越えて研究や社会の難局につぎつぎにぶつかってゆくさま、みなさまの模索を、わたくしはたえず見続けてきた。『知の新書』への今回の慫慂に対して、何とか応えたい。成功するだろうか。

二〇二二・一二・三一　　著者

た行

な行

は行

人名索引

藤井貞和（ふじい さだかず） **Sadakazu Fujii**

1942年（昭和十七年）生まれ。現代詩、古典和歌、物語文学（『落窪』『源氏物語』など）。詩人。

疎開後、奈良に言語形成期を過ごし、長じて東京に。

1966年 東京大学文学部を卒業。1972年、大学院人文科学研究科国語国文学専門課程博士課程単位取得満期退学。

1972年より 共立女子短期大学専任講師。1975年より共立女子短期大学助教授。1979年に東京学芸大学（国語教育学科）助教授。1992年より同大教授。1992年『物語文学成立史』を東京大学に提出して文学博士号を取得。1995年より東京大学教養学部（言語情報科学専攻)、教授。2003年、同大を定年退官し、名誉教授となる。退任後は、2004年より立正大学文学部文学科(日本語日本文学専攻コース)教授として教鞭。2013年、同大を定年退官し、同大非常勤講師。2018年、同大非常勤講師を退任。

近作に『物語史の起動』(青土社)、詩集に『よく聞きなさい、すぐにここを出るのです』(思潮社）など。著作、詩集多数。

知の新書 J04/L01 (Act2: 発売 読書人)

藤井貞和
日本近代詩語
石、「かたち」、至近への遠投

発行日　2023年2月21日　初版一刷発行
発行　㈱文化科学高等研究院出版局
東京都港区高輪 4-10-31 品川 PR-530号
郵便番号　108-0074
TEL 03-3580-7784　FAX 050-3383-4106
ホームページ　https://www.ehescjapan.com
https://www.ehescbook.store
発売　読書人
印刷・製本　中央精版印刷

ISBN 978-4-924671-74-4
C0090

Ecole des Hautes Etudes en Sciences Culturelles(EHESC)